TU NE MOURRAS PLUS DEMAIN

Du même auteur

Cortèges d'impatiences, poésie, Naaman, Québec, 1984.
La Barbarie, ENAL, Alger, 1986.
Rakesh, Vishnou et les autres, nouvelles, ENAL, Alger, 1985.
Ludmila, roman, ENAL, Alger, 1986.
Les Amants désunis, roman, Calmann-Lévy, 1998 ; Livre de Poche, 2000 ; prix Rachid Mimouni.
L'Enfant du peuple ancien, roman, Pauvert, 2000 ; Livre de Poche, 2002 ; prix des auditeurs de la RTBF (Radio Télévision belge francophone), prix RFO (Réseau France Outre-mer), prix BeurFM-Méditerranée, prix Millepages.
L'Amour loup, roman, Pauvert, 2002 ; Livre de Poche, 2004.
Chroniques de l'Algérie amère, Pauvert, 2003.
Ce jour viendra, roman, Pauvert, 2003 ; Livre de Poche, 2005.
Ma planète me monte à la tête, poésie, Fayard, 2005.
L'Année de la putain, nouvelles, Fayard, 2006.
Ô Maria, roman, Fayard, 2006 ; Livre de Poche, 2008.
Vivre pour écrire, entretiens, Sédia, Alger, 2007 ; Zellige, France, 2009.
Le Rapt, roman, Fayard, 2009 ; Livre de Poche, 2011.

Site de l'auteur : anouarbenmalek.free.fr

Anouar Benmalek

Tu ne mourras plus demain

récit

Fayard

Couverture : Cheeri.
Photographie : © Getty.

ISBN : 978-2-213-66635-8

Ô vous, les plus beaux jours de tous mes jours.

Frank O'Hara

Être en vie, c'est avoir une histoire à raconter.

Daniel Mendelsohn

1

C'était un homme dans la quarantaine et j'étais jeune alors. Il avait une tortue à la main et la projetait de toutes ses forces, tel un melon, contre le mur. Nous sommes passés à côté de lui. Son visage était fermé comme une pierre.
J'ai fait mine d'intervenir, tu m'as retenu par le bras. Tu m'as dit que je ne pouvais plus rien pour la tortue. L'homme était un voisin loué pour sa gentillesse, il venait de perdre quelqu'un de très cher. Ravagé par la colère, il s'était retourné contre la tortue car il ne consentait pas à la tragédie de l'existence. Ne lui en veux pas, en réalité c'est sa propre tête qu'il jette contre le mur, as-tu cru bon d'ajouter, émue.

Ce matin de mai, vers dix heures, tu as hurlé de douleur, d'une voix particulièrement aiguë, *Écartez-vous de moi, écartez-vous de moi !* tandis que mon frère tentait de te saisir le bras en murmurant, brisé de chagrin : *Prononce la pro-*

fession de foi, maman, prononce la profession de foi…

Et, d'un seul coup, dans une grande explosion de souffrance, tu es morte. Aussi simplement que ça. Et là, tu vas rire, maman, je me suis retrouvé, nous nous sommes retrouvés, toute la fratrie, dont le plus jeune approchait la cinquantaine, comme une volée de poussins éberlués au bord d'un gouffre. Un gouffre invisible, certes, mais fichtrement bien réel puisque tu venais justement d'y tomber !

J'aurais bien voulu te tendre la main pour t'en extirper, mais tu as refusé de faire le moindre geste en notre direction. Tu aurais dû, pourtant. Comment des poussins, même au poil parsemé de fil d'argent, sauraient-ils vivre sans une mère pour les aimer, les défendre, les dorloter, les sermonner au besoin ?

En réalité, j'ignore ce qui s'est passé au juste dans ce court moment précédant et succédant à ta mort – le seul de ta vie que je n'avais pas le droit de rater. Je mêle à ce qu'on m'a raconté à mon retour express en Algérie, quelques heures plus tard, les gestes que j'aurais pu accomplir à ton chevet. Pardon, maman, je n'étais pas là quand tu as rendu ton dernier souffle. Drôle d'expression d'ailleurs : *rendre* son souffle… À quel usurier implacable as-tu donc remboursé jusqu'à la dernière goulée de l'air respiré – et seulement prêté – durant ton existence ?

Au moment où, à Alger, tu commençais à comprendre que tu partais en agonie, je me trouvais en France, au téléphone avec un collègue de mon université parisienne. Je ne savais pas encore, tandis que je lui fixais rendez-vous pour un cours à préparer, que tu vivais tes derniers instants sur notre planète. Quand mon frère cadet m'a annoncé la nouvelle, j'ai mécaniquement rappelé le collègue pour annuler notre rencontre. Je n'ai pu terminer ma phrase et c'est en sanglotant, sans plus d'explications, que j'ai raccroché, provoquant sans doute l'abasourdissement de mon interlocuteur.

La veille, dimanche, je t'avais laissée dans cet hôpital de la banlieue algéroise où tu souffrais le martyre. Je venais de passer une horrible semaine à ton côté en compagnie de mes deux frères et de ma sœur. Nous nous engouffrions tous les matins dans cette maudite chambre du service d'oncologie pour ne la quitter que tard le soir, après avoir été les témoins impuissants de ton supplice et de ta peur de plus en plus évidente devant la mort. Je me rappelle ce sentiment d'incrédulité qui nous habitait tous. Une histoire pareille *ne pouvait pas* nous arriver : toi, notre mère si douce, si longtemps jolie, être devenue brusquement la proie d'un gangster appelé cancer, comme ça, sans prévenir, et qui plus est déjà en phase terminale, avec tout ce que cela impliquait d'inexorable et d'insensé tourment ? Qui se moquait de nous ainsi, voyons ?

Seule ma sœur, intronisée *de facto* garde-malade, passait la nuit dans ta chambre, allongée sur un matelas de fortune fait de couvertures empilées. Je n'ose d'ailleurs imaginer le courage (qui m'aurait sûrement manqué) dont mon aînée a dû faire preuve pour lutter contre l'indifférence du personnel de l'hôpital, surveillant, le cœur battant, tes gémissements, et, quand une nouvelle éruption de douleur s'annonçait, se précipitant à la recherche d'un infirmier de garde inévitablement irrité de se voir réveiller et rappeler à ses naturelles (mais l'étaient-elles encore pour lui ?) obligations de vigilance.

Je suis revenu dans la capitale algérienne moins de vingt heures après t'avoir quittée, si vivante encore que la douleur donnait l'impression de jouer avec toi au guitariste sadique pinçant sans relâche les nerfs les plus sensibles de ton corps pour mieux apprécier la variété et l'intensité de tes plaintes. La veille, je t'avais embrassée, je t'avais expliqué que je retournais en France pour m'acquitter de deux ou trois obligations liées à mon travail et à ma propre famille, mais que je serais de retour très vite. Je t'ai soufflé à l'oreille que je t'aimais de tout mon cœur, que tu te trouvais entre de bonnes mains, et je t'ai souhaité un prompt (et bien hypocrite) rétablissement. Bien sûr, j'avais la sensation de me défiler lâchement devant le spectacle de ta souffrance et de fuir notre combat de Sisyphe contre l'indifférence et la négligence de l'institution hospitalière.

J'étais là pour la cérémonie de mise en terre, qui, de ce côté de la Méditerranée, se déroule si vite qu'on a l'impression que les vivants ont la trouille de voir le défunt se refuser à quitter la maison où il a connu l'amertume et le miel d'exister.

Cérémonie... enfin, c'est ainsi que les êtres humains peureux nomment le fait de se débarrasser du corps de ceux qu'ils aiment dans un trou creusé à la hâte, après quelques paroles saintes et creuses débitées par un imam. Nous avons écouté la courte prière de l'individu à barbe à l'arrière de l'édifice religieux, endroit bizarre qui donnait l'impression bien peu solennelle d'être au pied d'un HLM avec appartements dotés d'un balcon collectif. D'ailleurs, au bout de ce long balcon, quelqu'un avait étendu sa lessive au soleil : prosaïques chemises, chaussettes et sous-vêtements d'hommes.

Devant nous, contigu à la mosquée, s'étendait un bout de champ paisible coloré par des coquelicots, et dont l'horizon était limité par des bâtisses piquetées d'antennes paraboliques. Rappelle-toi, nous étions au début de la Coupe du monde et chacun zappait fébrilement de chaîne en chaîne pour ne rien rater des matchs. Le pays était presque à l'arrêt, toutes les conversations portaient sur les chances de l'équipe nationale de passer le premier tour, et le sournois gouvernement algérien, grâce à des réductions massives accordées aux supporters désireux de se rendre en Afrique du Sud, en profitait pour regagner un peu d'estime populaire. Même toi, avant ta chute brusque dans l'enfer du crabe, tu t'étais laissé prendre au jeu, ma chère maman, et tu t'étais indignée, avec une cocasse ardeur, de l'attitude des supporters égyptiens envers nos joueurs au Caire. (Tu disais bien : *nos joueurs*, même si tu n'étais pas algérienne !)

Il faisait bon dans ce singulier couloir de la mosquée, en comparaison du froid qui avait régné la veille dans ton appartement. (Malgré la fraîcheur, nous avions été obligés d'éteindre le chauffage chez toi, parce que ton corps reposait dans le salon et que l'on craignait que la chaleur ne finisse par… Enfin, je te passe les détails concrets, petite mère, ils te déplairaient souverainement !) Tu étais allongée devant moi sur le meuble-civière, cachée par une couverture, et je n'arrivais pas à savoir si j'étais triste, abattu ou trop hébété pour ressentir des émotions à la mesure de ce que je vivais. À un moment, épuisé, je me suis trop penché sur ta dépouille, comme si j'allais m'accouder au montant de la civière. Mon frère puîné m'a demandé de me redresser, avec une expression sévère signifiant que nous n'étions pas là pour nous reposer.

L'imam qui a procédé avec une certaine désinvolture à la dernière prière censée faciliter ton passage vers le grand mystère était aveugle. J'ignore si ce détail est important, mais je sens que je ne dois pas te le cacher. On aurait dit que l'homme bedonnant et dans la force de l'âge qui psalmodiait la *fatiha*, la sourate d'ouverture du Coran, s'ennuyait ferme et qu'il n'avait qu'une envie : gagner, par l'intermédiaire d'escaliers d'allure si domestique, l'intérieur de sa mosquée afin d'y reprendre le cours d'activités plus intéressantes, en attendant, petit fonctionnaire de Dieu, de lancer ses appels à la prière payés au mois.

Puis nous nous sommes apprêtés à emmener ton corps vers le trou où tu reposerais pour toujours. À coups d'épaule pas très discrets, certains jeunes se disputaient l'honneur de porter, à travers le dédale des sentiers du cimetière, la très lourde civière en bois où tu gisais : ça leur rapportait, du moins ces cupides galopins s'en étaient-ils persuadés, des espèces de bons points de *hassana* (pieuse action) à valoir auprès des services comptables du paradis.

Nous avons traversé à toute allure le cimetière où chaque tombe blanche représentait à elle seule la capitale de l'échec de la vie, la démonstration par l'absurde de l'inutilité fondamentale du moindre grouillement de cellules dites vivantes. Toute cette violente horreur était camouflée par des inscriptions s'en remettant docilement à « Quelqu'un » pour la suite des événements...

Ta tombe, elle, était située sur une surface inclinée dont l'abord était acrobatique. Une question m'a traversé l'esprit pendant que j'essayais de ne pas glisser : comment te débrouillerais-tu avec ta hanche en mauvais état, s'il te prenait, par exemple, la fantaisie de rendre visite à ta propre tombe ?

J'ai écrit un roman où des personnages continuaient à « vivre » après leur mort et qui m'a valu à sa sortie des appels au meurtre dans une bonne partie du monde arabe. Même si certains passages d'*Ô Maria* t'avaient choquée par leur crudité et leur irrespect métaphysique, cet aspect-là – le fait que des défunts se transforment en spectres tourmentés par le souvenir de leurs faiblesses humaines et par l'amertume de découvrir que, de l'autre côté aussi, on les avait grugés – n'avait pas semblé te gêner outre mesure. Dans ton cas, un petit détail m'inquiète, maman : ton fantôme persisterait-il à souffrir de ce col du fémur fracturé à seulement quelques mètres de chez toi par une conductrice stupide dont c'était, hélas, le premier jour de conduite ?

Le fils que je suis espère de toute son âme que ta future enveloppe, si tu te décidais à embrasser la carrière hautement dénigrée de fantôme, te sera plus accommodante que la précédente. Même si je crains que l'au-delà n'ait aucune raison, s'il existe, de faire montre de plus de générosité envers ses nouvelles recrues que le monde d'ici-bas.

Un quidam, parmi ceux qui, sans en demander la permission à la famille, s'étaient autoproclamés à tour de rôle maître de cérémonie, m'a intimé l'ordre de me déchausser et de descendre dans la fosse. J'ai eu une pensée réflexe qui m'a déconcerté : alors que j'aurais, sans hésiter, donné ma vie pour toi, j'ai songé que cette maudite poussière risquait de salir le bas de mon pantalon neuf. Si tu lis dans les esprits, tu as peut-être sursauté devant la médiocrité de cette réaction à l'instant de la grande séparation. Ma seule défense, faible, je te l'accorde, est que la pensée médiocre constitue l'essentiel de notre activité cérébrale.

On m'a ensuite passé ta dépouille emmaillotée dans un linceul blanc. Je savais que c'était toi, et, pourtant, j'ai senti aux efforts que je fournissais pour mieux assurer mon emprise sur ton corps à travers le drap que tu n'étais déjà plus qu'un objet. Ces dernières années, tu t'étais alourdie, ma petite maman, nous en riions ensemble (toi, jaune, il est vrai) quand je te conseillais de faire un peu de sport, de l'athlétisme ou du vélo par exemple. Tu protestais, vexée : *Arrête de te moquer de ta pauvre mère !* J'ai envie de pleurer maintenant quand je t'imagine pédalant de toutes tes forces, seule sur le chemin de cette satanée éternité, alors qu'il ne te sert plus à rien de perdre du poids.

Avec l'aide de mon neveu (que tu aimais et qui t'aimait tant), je t'ai soigneusement calée sur le côté, ton visage tourné vers l'est. Pardonne-moi si la manœuvre t'a fait mal, car j'ai dû pousser un peu pour que ta tête s'encastre bien dans l'encoche prévue à cet effet. J'ai eu la désagréable impression que ces flemmards de fossoyeurs n'avaient pas creusé autant qu'ils auraient dû et que tu te sentirais bien à l'étroit dans ton ultime logement. Toi, mère de cinq enfants coincée une bonne partie de sa vie dans un appartement exigu de Constantine, toi qui avais toujours rêvé d'une grande demeure ! Pour m'excuser (me l'a-t-on d'ailleurs demandé ou l'ai-je fait de ma propre initiative ?), j'ai desserré le nœud qui étranglait le tissu autour de ton cou avec l'impression sur le coup que tu étouffais encore plus.

J'ai pensé à dégager un bout d'étoffe pour déposer un dernier baiser sur ton front, mais on m'a pressé. Alors j'ai embrassé précipitamment ton nez ou peut-être tes lèvres à travers la toile blanche.

Pendant que je m'évertuais à te coucher le plus commodément possible, d'autres tendaient un drap au-dessus de ma tête et de celle de mon neveu pour éviter que les membres de l'assistance n'aperçoivent les contours de ton corps. Question de pudeur, m'a-t-on assené avec l'assurance docte des crétins : même à ton âge, même morte, tu restais une femme, et certains bigots bien sensibles craignaient que tu ne les troubles encore… Sacrée maman vamp, va !

Je me trouvais à ce moment-là entouré de mes frères et de mon neveu. Des amis et des connaissances alertés par le faire-part publié le matin même grâce à des collègues de mon frère journaliste nous entouraient, mais aucun autre parent. Mes deux sœurs et ma plus jeune nièce étaient restées à la maison : leurs pleurs auraient risqué, selon la croyance traditionnelle, de « brûler » ton âme, déjà bien occupée sans doute à se préparer à la rencontre avec l'ange de la mort, une espèce de nervi du Créateur, responsable du « supplice de la tombe », pendant lequel le défunt avoue, sous d'abominables tortures, toutes les turpitudes commises de son vivant.

On aime bien la « question » sous nos latitudes civilisationnelles…

Les plaques de ciment ont été placées au-dessus de ta dépouille. Pour éviter que tu ne t'échappes, probablement. On m'a tendu une pelle. J'ai jeté quelques mottes de terre dans la fosse (*sur toi*, ô maman !), puis un inconnu a pris d'autorité la relève. Une autre prière, celle de la sourate de la Royauté, a été prononcée, pendant laquelle, comme d'habitude, je n'ai pas su comment me dépatouiller avec mes mains : ne pas prier, sans trop me faire remarquer.

Puis tout a pris fin. Deux ou trois phrases de condoléances, avant que chacun s'en retourne sur ses pas, déjà moins compassé, renouant peu à peu avec les préoccupations de la vie ordinaire, impatient de passer chez l'épicier ou de retrouver sa voiture mal garée.

Oui, maman, on aurait dit une banale sortie de bureau, un jour de beau temps. Dans d'autres conditions, cette météo t'aurait plu : ni trop chaude, ni trop froide, la douceur idéale pour que tes rhumatismes ne te tourmentent pas trop. Mais là où tu te trouvais, tu étais sûrement d'un autre avis. Ou, pis (et c'est un cauchemar qui me poursuivra souvent par la suite), peut-être as-tu tapé de toutes tes forces contre la chape de ciment, la chair encore palpitante s'efforçant de recouvrer la respiration malgré ta gorge encombrée de terre... Nous, tes chers enfants, nous filions piteusement vers la sortie, accablés de chagrin, certes, vaguement coupables d'apprécier la chaleur du soleil, soulagés sans oser nous l'avouer de ne plus être témoins de ton atroce effacement.

Tu es restée dans ton trou à flanc de coteau, privée à jamais de paroles et de nourriture, privée du chaud et du froid et de cette dérisoire et si importante télévision qui t'avait aidée à lutter contre cette saleté de solitude. Privée de tout, condamnée à gésir au pied d'un oléastre aux branches rabougries, lui-même n'ayant comme interlocuteur qu'un muret vantant un club local de football.

Pourquoi, en remettant un peu d'argent à une mendiante dans le seul but de l'entendre proférer un ultime et artificiel souhait de miséricorde divine, me suis-je rappelé, à cet instant précis, que tu raffolais du chocolat ? Je t'en apportais par dizaines de tablettes à chacun de mes retours en Algérie, malgré la mauvaise conscience que j'en éprouvais quelquefois quant à ta santé. Cette passion pour le chocolat datait, je crois, du débarquement des GI au Maroc, lorsque toi et d'autres enfants couriez à perdre haleine derrière les jeeps des Américains en criant à tue-tête : *Chocolat, chewing-gum !* M'est revenu également, par une association d'idées pas si illogique que ça, une de tes anciennes remarques : le plus étrange, ce n'est pas que le corps vieillisse, c'est que l'esprit (et tout ce qui l'accompagne : désirs, sentiments...) reste jeune et refuse de s'accommoder de cette idée saugrenue qu'un jour il lui faudra, lui aussi, plier bagage. Un peu comme si le locataire d'une habitation devait se faire hara-kiri à la mort du propriétaire…

Ah ! comme je te comprends, maman ! Combien de fois, alors que je me trouve presque au mitan de ma cinquantaine, me suis-je encore surpris à tirer des plans sur la comète : *quand je serai grand, je ferai ceci ou cela…*

Quand je serai grand… Mais tu l'es déjà bien assez, espèce de poire !

Toi, ma mère, je sais que tu n'as jamais grandi. Au fond de ton cœur, un chagrin, inguérissable, est resté à jamais fiché : celui de ton enfance.

2

Socrate est mort dignement, paraît-il, en buvant sans ciller la ciguë. J'aurais bien voulu l'y voir, le philosophe, s'il avait eu un cancer au stade final au bas des reins ! me suis-je exclamé.
Laisse donc Socrate tranquille, mon fils, m'as-tu répondu dans mon rêve, ne permets pas au chien noir de la tristesse de raisonner à ta place. D'accord, il faut un peu de sottise pour vivre dans ce monde, mais n'en rajoute pas.

De quoi devrions-nous parler, maintenant que ta fin du monde est arrivée et que la terre colle sur toi ses lèvres avides avec l'insupportable familiarité d'une sans-gêne à qui on ne peut plus rien refuser ?

J'ignore pourquoi tant de gens scrutent avidement des textes réputés plus ou moins sacrés, anxieux d'y dénicher des indices sur la date de cette fin des mondes tant redoutée. En réalité, cette abolition radicale de l'univers n'est-elle pas déjà à l'œuvre depuis toujours, mais de manière fragmentée, fractionnée, enfournant flegmatiquement dans son sac mortuaire poignées de vivants après poignées de vivants ?

Tu es née il y a soixante-quinze ans, à Rabat, au Maroc. Maintenant, quand j'ai face à moi un individu qui a dépassé cet âge, une étrange bouffée de rancœur me dilate la poitrine : mais qu'as-tu donc, toi, de si spécial pour mériter de vivre plus longtemps que ma mère ?

Tu es restée marocaine, même si ce n'est pas toujours confortable d'être étranger en Algérie, et en particulier marocain – et semblablement au Maroc, pour les Algériens. Nous claironnons si souvent, nous les Arabes, que nos peuples s'adorent – puisqu'ils ont tellement de choses en commun, comme, pardi ! cette religion supérieure et cette langue splendide, capable de n'importe quel chantournement rhétorique –, que nous passons l'essentiel de notre temps à inventer les moyens les plus astucieux pour nous rendre la vie impossible les uns aux autres.

Mais pour revenir à ton âge, je peux bien te l'avouer maintenant, j'ai tout de suite lu le renoncement dans les yeux des médecins algériens. Selon eux, tu étais déjà trop vieille, trop usée, que ton ticket sur terre n'était plus valable, et il était hors de question de gaspiller énergie et médicaments importés à soigner un malade atteint d'un cancer généralisé au dernier stade – alors que, quinze jours plus tôt, aucun de ces spécialistes si doués ne t'avait encore rien diagnostiqué de grave à part d'éventuels calculs aux reins... (Nous ne pouvions pas te le révéler alors, mais il a fallu, pour détecter ton cancer, que nous prenions l'initiative de faire commander des radios par un praticien privé extérieur à l'établissement censé te soigner !)

Un médecin du service d'oncologie finira par reconnaître ses erreurs avec embarras, quelques jours plus tard. J'avais réussi à vaincre sa réserve en lui offrant sournoisement un de mes livres, *Ce jour viendra*, où il est justement question d'un enfant agonisant dans un hôpital, américain celui-ci. La notion de soins palliatifs et d'attention à la douleur des patients en fin de vie, convint-il, est encore une idée bizarre en Algérie. *Pas encore suffisamment de civilisation dans ce bled*, avait-il curieusement marmonné, avec l'air las de celui qui ne se fait plus beaucoup d'illusions sur la valeur du serment d'Hippocrate en pays islamo-pétro-bureaucratique.

Plusieurs personnes bien intentionnées et sûrement au fait des projets divins te concernant m'ont ensuite expliqué que plus un malade souffrait de son vivant, plus Dieu le rétribuait dans l'au-delà... Ces voisins tentaient visiblement de me consoler (en gros, cela voulait dire : *Tu te rends compte de tout le bon temps qui attend ta mère là-bas au paradis !*), alors j'ai ravalé le sarcasme qui me souillait la bouche pour ne pas te déplaire, maman, parce que tu détestais qu'on manque de respect aux invités.

Au fond, peu de choses me sont connues de ton enfance marocaine. Pourtant, nous aurions tous bien des choses à apprendre de ton cas, tellement ta naissance relevait déjà du miracle : ton père était marocain, ta mère, suisse – cette fameuse trapéziste suisse dont je m'inspirerais bien plus tard pour écrire *Les Amants désunis*... La rencontre de mon grand-père et de ma grand-mère n'avait donc pas dû être évidente à l'époque ségrégationniste du protectorat. Tu ne m'as jamais beaucoup entretenu de cette partie de la vie de tes parents. Sur ce plan, tu ressemblais bien à ton époux, mon père : au fond, vous étiez des taiseux pour tout ce qui se rapportait aux années précédant votre mariage.

Je crois avoir compris que ton père, l'Arabe, s'était offert une soirée au cirque et était tombé amoureux de cette trapéziste européenne si jolie. Il y est ensuite retourné plusieurs fois d'affilée et, au lieu de continuer sa tournée avec ses compagnons, l'acrobate choisira de succomber au charme de ce spectateur fervent qui n'avait pas raté une seule de ses représentations. Si l'on a en mémoire le contexte violemment intolérant du Maroc au début du XXe siècle, ce choix-là relève de la folie. On ne peut l'expliquer, seulement le constater, en se demandant avec inquiétude de quel prix, plus tard, il sera payé.

Ils auront bientôt deux scandaleux enfants : toi et ton frère Abdeslam, modèle d'oncle dont je conserve un souvenir de grande gentillesse moustachue et qui mourra bien trop tôt d'un diabète, te causant l'un de ces très grands chagrins dont la vie ne se montrera pas avare envers toi. Ma grand-mère aussi adorait Abdeslam.

Cette grand-mère a été l'un des grands amours de ma vie, mais je ne le savais pas suffisamment. Si je l'avais su, je crois que j'en aurais aimé davantage encore cette femme qui avait enchanté mon enfance avec ses histoires de cirque et de voyages en caravanes sur les chemins du monde entier.

J'avais vingt-deux ans, je me trouvais en Ukraine, au bord de la mer Noire, dans le cadre d'une thèse de mathématiques, quand j'ai appris sa mort au détour d'une lettre au début pourtant banal. Presque instantanément, une constatation s'imposa à moi avec la force d'un coup de fouet sur le cœur : jamais je ne lui avais confié combien elle avait été importante dans mon enfance ! Cela allait de soi, m'avait-il semblé jusqu'à cette lettre, que je l'aimais, mais le savait-elle seulement, cette vieille dame percluse de cors aux pieds, aux yeux gris-bleu voilés parfois de tristesse et d'amertume à l'idée d'avoir survécu à son fils et de vivre en étrangère au Maroc, loin de sa fille, laquelle s'était elle-même exilée en Algérie ? Rancunière, braquée contre les contrôles tatillons des bureaucraties du Maroc et de l'Algérie, ma grand-mère grommelait que les Arabes ne pouvaient se plaindre de n'être nulle part appréciés puisqu'eux-mêmes ne respectaient guère les étrangers chez eux.

Idiot que j'étais, je pensais confusément que ma Marcelle, cette dame qui volait pour de vrai, ne mourrait jamais, ou, au moins, aurait la gentillesse de patienter jusqu'au retour de son petit-fils. J'avais tort : dans cette chambre d'étudiant à Odessa, j'ai pleuré, mais je me serais giflé pour ma stupidité. À présent, la même envie de me gifler – de me casser la gueule, plutôt – me reprend, pour ne pas t'avoir dit à toi non plus, maman, tout ce que j'aurais dû te dire. Tu me téléphonais d'Algérie en me demandant timidement de te rappeler la semaine suivante. Je promettais, *Oui, bien sûr, maman, je pense tout le temps à toi*, et je trahissais régulièrement ma promesse, l'esprit mobilisé par des préoccupations dont j'ai honte à présent de les avoir jugées comme plus importantes qu'une conversation avec ma mortelle mère.

Tu ne m'as jamais dit mot des premières années de vie commune entre mon grand-père, élégant gaillard à la taille imposante – *mais* marocain et très brun de surcroît, presque noir, puisque sa mère était une esclave mauritanienne, et ma grand-mère, tout aussi séduisante et pleine d'allant – *mais* européenne, née en plein milieu de l'Europe, à Nuremberg, d'un père suisse et d'une mère allemande. Bien sûr, j'ai cherché à te tirer les vers du nez (mon Dieu, quelle expression trop imagée à présent...), mais tu te défilais en marmonnant : à quoi bon remuer le passé, mon fils, il est comme un couteau sur la chair, plus on le rappelle à soi, plus il s'enfonce et te fait mal. Je t'ai surprise un jour, les larmes aux yeux, déchirant une vieille lettre de ta mère extirpée d'un dossier que tu rangeais : on aurait dit que tu venais juste de la recevoir et que la nouvelle qu'elle contenait, mauvaise, te frappait au cœur avec la même dureté qu'à la première lecture.

Tu avais tort et raison. Comme chacun d'entre nous sur ce sujet. Quoi qu'on en dise, le passé est la substance première du présent. Nous construisons notre présent principalement avec le bois piqué de la mémoire des jours passés, quitte à la déformer, à l'ajuster à nos souhaits ou, mieux, à la réinventer de fond en comble. Nous avons déjà fort à faire avec le piège implacable des temps à venir ; si, en plus, nous devions nous couper délibérément des temps qui furent, que nous resterait-il, ma très douce maman, sinon un minuscule et ridicule radeau temporel flottant entre deux insupportables néants…

Comment donc s'est passée la coexistence entre ta mère et ton père ? Ce que j'en ai découvert se résume à quelques bribes. Je n'ai pas assez insisté pour en apprendre plus, ni auprès d'elle ni auprès de toi. Les deux tourtereaux ont dû s'aimer passionnément, du moins au début. Et faire preuve de beaucoup de courage pour lutter contre l'opprobre de leurs communautés respectives. Ils ont eu le temps de faire deux enfants, puis leur amour a battu de l'aile et les choses se sont gâtées. L'époque ne facilitait pas ce genre d'union, sans compter que ma trapéziste de grand-mère avait un sens aigu de son indépendance et de sa liberté, de parole comme d'allure. On ne se bat pas une partie de sa vie contre la fatale pesanteur pour se résoudre à finir son existence en docile femme au foyer. Ne s'était-elle pas échappée très jeune de la maison familiale du canton genevois de Vaud parce qu'elle soupçonnait son père d'avoir été à l'origine de l'expulsion *manu militari* de sa propre femme vers l'Allemagne (dont celle-ci était citoyenne) ? L'orpheline « autoproclamée » avait été ensuite recueillie, grâce à l'équivalent d'un miracle, par le grand cirque suisse Knie, où elle passerait une bonne partie de sa jeunesse, s'initiant à la dure à son beau et exténuant métier… Combien de claques reçut-elle, par exemple, durant son apprentissage de l'acrobatie équestre, sa première discipline artistique !

Cette liberté, elle l'avait payée au prix fort : jamais plus elle ne retrouverait cette mère perdue dans les soubresauts de l'Allemagne de l'entre-deux-guerres.

Ma merveilleuse grand-mère était une maîtresse femme en matière d'insoumission, même si elle avait d'abord fait de son mieux pour être acceptée par sa nouvelle belle-famille, au point d'observer (mais un temps seulement, il est vrai) le jeûne du ramadhan. Une anecdote révèle le caractère trempé de cette aïeule artiste : pour une raison oubliée, son mari avait tardé à lui donner l'argent destiné à habiller leurs deux enfants. Alors, la couturière habile que cette Suissesse avait été contrainte de devenir pour gagner sa vie au Maroc choisit le plus beau costume de son mari (peut-être même le seul qu'il possédait, car ils ne roulaient pas sur l'or) et le découpa rageusement pour le métamorphoser en robe pour toi et en pantalon pour ton frère.

Éreintés par les malentendus et les disputes, les deux époux finirent par se quitter, d'autant plus facilement, du point de vue juridique, qu'ils ne s'étaient mariés que religieusement et qu'une simple répudiation suffisait. Rapidement, le mari convola en secondes noces avec une femme plus « conventionnelle », une cousine promise depuis longtemps et qui, d'emblée, détesta violemment la *nasrania* et ses deux marmots mi-arabes mi-roumis. La vie devint dure pour ma grand-mère et ses enfants quand les effets de la guerre en Europe commencèrent à se faire sentir au Maroc. Encore appauvris, les Arabes ne lui passaient plus que de rares commandes tandis que les Français refusaient de donner du travail à une Européenne qui avait trahi sa « race » pour se mettre en ménage avec un moins que rien d'indigène. La faim s'invita régulièrement dans le petit foyer, le désespoir aussi.

Le grand-père, dont les affaires ne marchaient plus si mal, ne s'inquiéta pas outre mesure du sort de ses enfants. À preuve la mésaventure suivante : c'est un après-midi de ramadhan et il n'y a rien à manger, comme c'est devenu l'habitude, chez votre *gaouria* de mère. Ton frère et toi êtes jeunes encore : pas plus de douze ans pour le plus vieux d'entre vous. Alors, affamée comme on peut l'être à cet âge, tu proposes à Abdeslam de vous rendre chez votre belle-mère. Même si elle ne vous aime pas, la nouvelle femme de votre père finira certainement par vous donner quelque chose à manger : c'est le ramadhan, mois de la compassion, non ? Abdeslam est dubitatif : *Tu es folle ?* Mais lui aussi a très faim, et, au moins, ça fera passer le temps. Vous traversez une bonne partie de Casablanca, à pied évidemment. La belle-mère grimace de déplaisir quand elle vous voit apparaître. Vous patientez dans une pièce, à l'écart des autres, espérant un gâteau, un bol de soupe de la veille, n'importe quoi qui calmerait un peu les tiraillements de vos estomacs. Réaliste, ton frère murmure : *Partons, une pierre a plus de générosité qu'elle, jamais elle ne nous donnera quoi que ce soit.* Tremblant de faim, tu réponds : *Si, si, tu verras, quand la rupture du jeûne sera annoncée, elle nous offrira une assiette de couscous, c'est le ramadhan, elle ne peut pas nous laisser partir comme ça.* Arrive l'*adhan*, toujours pas de couscous. Après une heure d'incertitude, tu te rends à l'évidence : toute la maisonnée bâfre dans la pièce à côté et personne ne vous invite à prendre part au repas. La mort dans l'âme – et l'estomac davantage dans les talons –, toi et ton frère vous dirigez enfin vers la sortie. La belle-mère surgit alors et t'apostrophe sèchement : *Fille, pourquoi donc es-tu venue ?* Tu n'oses répliquer, tant la réponse est sordidement manifeste. Elle fulmine entre ses dents : *Ne revenez plus !* et, pour que tu mesures bien la portée de son avertissement, elle te balance une grande gifle.

Un mendiant aurait été mieux accueilli : au moins, il n'aurait pas reçu de gifle.

Cependant, ne régnait pas que la noirceur sur ce quotidien d'impécuniosité parfois extrême. Dans cette petite famille ni totalement arabe, ni totalement européenne, repoussés par les uns et les autres, vous vous aimiez à la folie et vous vous étiez juré, Abdeslam, votre mère et toi, de ne jamais vous quitter, quoi qu'il advînt. Soixante ans plus tard, quand ton moral vacillait, il t'arrivait de fermer les yeux et de te laisser doucement envahir par le souvenir poignant de cette grande place sur laquelle donnait la fenêtre de votre logis. Certains soirs, la municipalité y projetait des films en plein air. Ton frère et toi vous installiez confortablement devant la fenêtre. Un petit chat ronronnant sur les genoux, tu suivais alors avec passion les tribulations des personnages. Tu ne descendais pas, car ce que tu préférais par-dessus tout, c'était de t'immerger dans la féerie du cinéma sans rien perdre cependant des petits bruits de la vie domestique qui continuait derrière toi à l'intérieur de l'appartement. C'était ça, ton idée du bonheur absolu : regarder un film au côté d'un frère bien-aimé, tout en se sachant protégée par une mère à l'arrière-plan.

Tu n'exigeais pas beaucoup du destin, maman. Et ton frère non plus. Mais il faut croire que, pour les exilés intérieurs que vous étiez, c'en était déjà trop.

Un jour de plus grand découragement, ma grand-mère commit l'irréparable en rejouant – mais dans l'autre sens – le drame de son enfance : elle décida qu'elle ne pouvait plus continuer à vous imposer cette vie de chiens perpétuellement affamés. Elle vous renvoya à votre père et regagna, brisée, sa Suisse natale, se jurant de vous reprendre dès qu'elle en aurait les moyens. L'orphelinage *de facto* qu'elle avait connu après l'expulsion de sa mère et sa propre fuite de la maison paternelle, elle vous l'aura finalement imposé, deux ou trois décennies plus tard, pour, se justifiait-elle, vous sauver de la malédiction de la pauvreté.

Mais, ce faisant, elle vous avait livrés sans défense à la nouvelle femme de votre père. Et toi, ma mère, pourtant l'aînée des enfants de sa maison, tu te retrouvas peu ou prou dans la situation d'une servante au service de sa marâtre. Enfermé dans une facile indifférence, l'auteur de tes jours ferma les yeux devant l'indignité faite à ses deux premiers rejetons.

Ah, grand-mère, grand-mère, comme je t'en veux d'avoir privé mon oncle et ma mère de ta présence, alors qu'ils étaient encore si petits, si avides de donner et de recevoir de l'affection ! Grand-mère, je t'aime, mais mon cœur se serre rien que d'imaginer le silencieux chagrin de cette fillette, qui sera plus tard ma mère, dans ce nouveau foyer où elle rencontra plus de mépris et d'hostilité que d'amour. Jamais, au grand jamais, je ne l'ai entendue te reprocher cet abandon : profonde, déchirante, la blessure resta muette.

Une fois seulement, maman, ton frère et toi avez tenté de vous révolter : vous enfuyant de la maison, vous avez fait le trajet de Casablanca à Rabat à pied, en suivant la chaussée, dans le but de rejoindre un parent que vous espériez plus accueillant. Plus de quatre-vingts kilomètres séparent les deux villes et vous n'aviez pas atteint l'adolescence ! Bien entendu, le parent s'est empressé de restituer à leurs maîtres naturels les deux enfants affamés et épuisés qui avaient eu la drôle d'idée de venir de si loin pour quémander un peu de bienveillance. *Dieu est occupé, puis-je vous aider ?* a dû s'esclaffer Satan en considérant vos faces accablées.

La Suissesse ne revit ses enfants que lorsqu'ils parvinrent à l'âge adulte. En attendant, elle leur écrivit régulièrement, leur envoyant de temps à autre de petits cadeaux quand sa situation le lui permettait. Elle ne retrouva pas son travail au cirque, ayant depuis longtemps cessé d'entraîner son corps à l'impitoyable discipline du trapèze. Elle vécut de petits métiers : serveuse, couturière, etc., et ne se remaria jamais.

Cette période de sa vie demeure une énigme pour moi, son petit-fils. Peut-être même l'a-t-elle été pour toi aussi, sa fille. Aima-t-elle, fut-elle aimée de nouveau ? Partit-elle à la recherche de sa mère allemande naguère expulsée, ou des deux frères qu'elle avait perdus de vue depuis son enfance, en particulier ce Hans qu'un obscur décret du Conseil d'État déposséda, au début de l'année trente-deux, de sa nationalité suisse, comme je l'ai découvert sur un document des services de la commune de mon arrière-grand-père ? Temps troubles, temps des doutes, temps des questions glaçantes des décennies trente et quarante du siècle dernier...

Reste le souvenir d'une anecdote qu'elle nous contait dans de grands éclats de rire, rares chez elle, qui était plutôt du genre sarcastique. Je l'ai reproduite avec quelques changements dans *Les Amants désunis* : elle travaillait dans un restaurant chic d'une ville suisse ; un jour, un employé renversa la marmite du plat le plus demandé par la clientèle. Panique générale parmi le personnel de la cuisine, d'autant que le patron, une véritable rosse, menaçait de montrer le bout de sa trogne d'une minute à l'autre. Sans hésiter, ma grand-mère s'empara d'un balai et d'une pelle et remit prestement le contenu de la marmite à sa place, poussières et saletés en prime. Aucun client, nous assura-t-elle, ne s'en aperçut.

Mais je suis à peu près sûr qu'elle n'a pas dû souvent rire ainsi à gorge déployée durant cette interminable fuite en Europe, ma grand-mère au cœur plein de solitudes et de culpabilités...

Elle retourna au Maroc sur l'insistance d'Abdeslam quand celui-ci, déjà homme, décrocha un emploi de cheminot. Peut-être pour se racheter, elle choisit de se charger de l'éducation de la fille aînée de son fils. Elle s'y employa si bien que la fillette, jolie comme un ange, la préféra bientôt à sa propre génitrice.

Ma grand-mère vécut donc d'abord dans la maison de son fils, cette fois à Marrakech. Après la mort d'Abdeslam, et ne supportant plus sa belle-fille, elle loua un petit appartement et se remit à travailler, farouchement indépendante mais gagnant toujours aussi difficilement sa vie. Avec l'accord de sa bru, elle emmena habiter avec elle sa petite-fille qui l'adorait. Je me rappelle ma jalousie enfantine quand, lors des vacances à Constantine, je voyais cette cousine (qui maintenant porte le hidjab !) se réveiller de sa sieste et enlacer tendrement ma grand-mère en lui murmurant : *Maman, je t'aime.*

Mais en attendant ce tardif retour de ta Suissesse prodigue, il a bien fallu, douce mamouchka, que tu avales une multitude de couleuvres. Dont celle-ci, qui me donne jusqu'à présent des envies de meurtre : tu étais en CM2 quand un oncle fit violemment reproche à ton père de te laisser fréquenter l'école. Une fille instruite ne saurait amener que des ennuis dans un foyer musulman respectable, déclarait-il ; il était urgent que ton père te fît quitter l'école, sans quoi le malheur et la honte s'abattraient inévitablement sur l'ensemble de la famille. Lâchement, ton père obtempéra et tu perdis, du jour au lendemain, ton dernier coin de liberté. Le plus cynique, dans ton infortune (et ta voix en tremblait toujours des années après), c'est que cette canaille d'oncle permit à ses propres filles, le temps venu, de poursuive leurs études.

Ah ! tu souffris beaucoup de cette privation d'instruction et de la possibilité qu'elle t'eût offerte de t'échapper un peu de ta prison domestique ! De là t'est venue, sûrement, cette soif incroyable de lecture qui se manifesta quand, à notre tour, nous prîmes en Algérie le chemin de l'école puis du lycée. Non contente de surveiller nos devoirs, tu nous accompagnas bientôt dans nos découvertes littéraires, dévorant dans le désordre tout ce qui atterrissait à la maison : Balzac, Zola, Shakespeare, Casanova (mais oui, celui des libertins *Mémoires*...), innombrables romans policiers de la collection du Masque, Simenon, Emily Brontë, Mahfouz, García Márquez...

Derrière le haïk, le grand surplis blanc que tu n'as abandonné qu'à la mort de mon père pour une djellaba plus commode, personne n'aurait pu deviner que tu avais, toi aussi, ton avis sur *Le Dahlia noir* ou sur *Les Frères Karamazov*.

Et, plus tard, sur les ouvrages que moi-même j'oserais écrire...

Maman, je ne m'habitue pas à ta disparition. Tiens, pendant une seconde, j'ai eu envie de prendre le téléphone pour te demander un éclaircissement sur cette période marocaine.

Voilà le détail qui turlupinait mon esprit – avant que ne me revienne, en coup de poing, ce regard fureteur que je ne te connaissais pas quand, gisant sur ton lit d'hôpital, tu inspectais anxieusement nos visages pour savoir à quel point nous te mentions sur la gravité de ton mal. Dure au travail, consciencieuse, ton acrobate de mère ne semblait pas avoir eu pour autant beaucoup de chance avec ses employeurs successifs ni avec la pesante administration de l'époque, que ce soit sous le protectorat ou après l'indépendance du Maroc. Roulée par les uns, épuisée par les chicaneries des autres, elle résolut en désespoir de cause de s'adresser au roi en personne. Guettant le passage du cortège de Mohamed V à la sortie de la grande prière du vendredi, elle lui lança, dès qu'il fut à sa hauteur, une lettre de supplication où elle expliquait qu'on lui refusait injustement tels et tels droits. Sans tourner la tête, le roi enjoignit d'un froncement de sourcil à un de ses gardes de ramasser la lettre tombée à terre. Je me souviens de ses yeux émerveillés quand elle racontait qu'une semaine ne s'était pas écoulée avant qu'elle fût reçue au palais royal, où un chambellan lui apprit que Sa Majesté avait donné l'ordre qu'on examinât avec bienveillance sa situation.

Ma question est la suivante : était-ce à propos de cette pension de veuve dont cette affreuse seconde femme, après le décès de son époux, avait tenté de la spolier, avec quelque succès au début ? Ou d'un patron grippe-sou qui s'ingéniait à ne pas lui payer une commande qu'elle avait prestement honorée – puisque travailler, pour elle, c'était d'abord pouvoir nourrir ses enfants qui étaient sa seule raison de vivre ? Je me rends compte de l'incongruité de ma requête : tu dors d'un profond sommeil d'humus et de pierres, à l'abri du cruel asticotage du cancer, et tu n'as nulle envie, je le comprends, qu'on t'extirpe de ce sommeil bienfaisant sous des prétextes aussi futiles.

Dors, petite maman, dors, oublie ma sottise, et que la tendresse, comme dit le Coran, te recouvre, toi, l'autre, comme d'un manteau. Moi, je dois continuer à voyager dans la forêt sauvage de la banalité de la vie avant la mort. Avec, je l'avoue, une sorte d'apaisement mesquin quand je songe que la plupart de ces gens malintentionnés avec toi ou ta mère sont eux aussi sous terre. J'espère seulement que tu ne les croiseras pas là-haut.

Dieu est farceur, mais ses farces sont rarement destinées à nous faire rire.

3

À toi seule, maman, là étendue devant moi, yeux fermés, corps froid, dépeuplée de pensées et de sensations, tu résumes à toi seule la vacuité de toute philosophie.

Avant ta mort, je projetais déjà d'écrire sur ta famille et sur celle de mon père. S'y trouvaient réunis, me semblait-il, tous les ingrédients pour une saga enfiévrée courant sur deux siècles et demi au moins, mêlant Afrique, Europe, monde arabe, religions, langues, sur fond de fureurs apocalyptiques, d'amours et de violences folles.

Je m'y étais déjà essayé avec *Les Amants désunis*, qui prenait comme point de départ l'enfance de ma grand-mère trapéziste, avant de se développer en une pure fiction. Je rêvais à présent de me colleter avec l'écriture de la vérité, autre travail de fiction pourrait-on m'objecter, mais beaucoup plus risquée, la réalité humaine brute manquant trop souvent de la cohérence propre aux dispositifs romanesques.

Que d'invraisemblances dans nos vies et jusque dans l'arbre généalogique de ta mère, en majorité protestant : on y remontait jusqu'au XVIIIe siècle et à un architecte bâtisseur d'une synagogue à Furth, en Allemagne ! Était-il juif, ou, du moins, d'ascendance juive, comme le laissaient présumer les prénoms à consonance hébraïque de certaines des femmes allemandes de sa parentèle ? Je l'espérais pour plusieurs raisons, dont l'une, presque enfantine, est que j'aurais ainsi ajouté une nouvelle ramification à un enracinement déjà emberlificoté de plusieurs origines identitaires censément mal accordées ou, pis, antagonistes : musulmane, chrétienne, animiste, arabe, berbère, européenne, noire… Je souriais de plaisir en imaginant la tête des racistes de tous bords que cette « impureté » revendiquée révulserait au plus profond d'eux-mêmes.

Je désirais d'autant plus intégrer cet aspect judaïque dans la reconstruction de notre épopée familiale que, beaucoup plus tard, dans une de ces contorsions glaçantes dont l'histoire n'est pas avare, le cadet des frères de ma grand-mère abandonnerait sa nationalité suisse pour devenir citoyen de l'État libre de Bavière en 1933 et rejoindre l'armée du Reich en 1939 ! Qu'a-t-il fait, ce nouvel Allemand, de sa citoyenneté toute fraîche pendant les années hitlériennes ? Je projetais de me rendre un jour à Leipzig, puis à Nuremberg, deux villes où cet homme avait eu une adresse durant la guerre, pour y consulter des archives, à la fois curieux et craintif d'y trouver des confirmations à des inquiétudes affreuses impossibles à repousser d'un revers de la main.

Quant à ton père marocain, sa mère m'intéressait particulièrement : elle était esclave, et, dans l'entourage de mon grand-père, on n'en parlait qu'à voix basse, car elle était noire et « souillait » par conséquent (à l'instar du Juif conjecturé de la lignée de ta mère) le sang de la famille, censée, comme tant d'autres familles arabes, descendre du Prophète... Ma bisaïeule était-elle peule, wolof, soninké ? Quel arrachement terrible avait-elle connu ? À quel âge l'avait-on vendue et qui l'avait achetée ? L'avait-on au moins affranchie au moment de son mariage ?

En somme, cet homme – mon grand-père, tout de même ! – était-il l'enfant de l'amour entre deux êtres à peu près égaux, ou le rejeton de l'habituel viol d'une esclave par son propriétaire tout-puissant ?

Du côté de mon père algérien, je trouvais également matière à nombreux épisodes : un ancêtre prince et chef spirituel de Constantine qui combattrait les envahisseurs turcs avant de finir trahi par ses compatriotes, puis exécuté et empaillé, et d'autres personnages aussi turbulents et hauts en couleur qui se succédèrent jusqu'à mon père, jeune acteur de théâtre fuyant au Maroc pour échapper à la dictature paternelle, t'y rencontrer et, presque quinze ans après, se retrouver entraîné dans la tragique guerre d'indépendance de l'Algérie.

Mais tu es morte trop tôt, maman. Je voulais t'offrir ce livre qui devait être une espèce d'herméneutique des arrachements constitutifs de l'identité de notre famille. Cette pulsion d'exil ne paraît d'ailleurs pas devoir s'arrêter de sitôt, puisque nous-mêmes, sur quatre de tes cinq enfants, avons été obligés de quitter à notre tour le pays d'une partie de notre enfance.

Le point focal de ces pages affamées de passé aurait sans doute été la scène terrible où la mère de ta mère, Laura, enceinte jusqu'au cou, fut reconduite un peu après le début du XXe siècle à la frontière allemande par deux gendarmes suisses inflexibles qu'elle suppliait, les larmes aux yeux et incrédule devant tant de placide cruauté, de tenir compte du fait que l'enfant dans son ventre était leur compatriote.

Cette scène originelle, presque biblique, où le mari fait intervenir les gendarmes pour chasser sa femme du paradis familial, déterminera, dans une large mesure, le destin de ta lignée.

Je n'aurais pu, malgré que j'en aie, éviter la description des malheurs et des haines de ces temps-là, tant à l'échelle individuelle qu'à celle des peuples ou des continents. Comment y échapper, tant la destinée des gens ordinaires des deux ou trois siècles précédents a été modifiée, sinon ravagée, par la grande histoire ? Shoah juive, Samudaripen tsigane, rapines coloniales, tueries à une dimension planétaire : comment passer sous silence cette barbarie sans perdre un peu de son honneur d'homme et d'écrivain ?

Mais j'ambitionnais aussi d'amener le sourire sur tes lèvres en te rappelant les mésaventures parfois pittoresques de ceux qui t'ont précédée, de t'intriguer à l'occasion par la découverte de nouveaux sarments de notre vigne généalogique, certains curieux, d'autres, déconcertants, voire inquiétants.

L'amour devait constituer le ciment de ce récit, ou, mieux, sa justification. Mon amour pour toi, bien sûr, mais aussi les amours de toutes sortes qui auront animé mes ancêtres lors de cette succession sans fin (au deux sens du terme...) de venues au monde et de retours à la poussière. Par l'amour, les plus chanceux d'entre eux auront tenté d'endiguer le désordre effrayant de leurs existences, de tenir tête, un moment au moins, au hasard sauvage qui charcute au coupe-coupe la trame de notre pauvre séjour sur cette planète.

Tu m'as fait une drôle d'entourloupe, Nina (c'est ainsi que tu avais suggéré à tes petits-enfants de t'appeler, en un clin d'œil entendu à un personnage de Zola), en t'embarquant sans prévenir pour l'exil des exils. Que j'aurais voulu que les Tahitiens eussent raison, selon lesquels le mourant ne s'absente que le temps de compter les étoiles du ciel...

Mais je te vois sourire derrière ton rideau de brume fantomatique, mère chérie : peut-être n'est-ce pas une version de la mort si optimiste que ça ? Dénombrer les fourmis lumineuses du cosmos te prendrait probablement presque autant de temps que l'éternité elle-même... Et que te resterait-il alors de familier à retrouver à ton retour ?

Je ne suis plus sûr maintenant de vouloir m'atteler à ce grand roman des mémoires où j'aurais voulu me convaincre, ne fût-ce que le temps de l'écriture, que nous ne sommes pas là juste pour amonceler des années puis, tels des écureuils fous ayant perdu le souvenir de leurs réserves, trépasser bêtement. Sèchement. Inutilement.

Sans avoir réussi à dénouer l'énigme de la coexistence de la durée infime de notre vie et de l'âge incalculable de nos sentiments.

En imaginant ce livre, peut-être aspirais-je en définitive à faire le beau devant toi en te montrant que le fils que tu as allaité et mouché s'était métamorphosé en écrivain thaumaturge, capable non seulement de ressusciter tes chers disparus mais également de redonner sa cohérence à leurs vie révolues, en rapiéçant au besoin les épisodes les plus douloureux ou les moins honorables !

C'est raté, on dirait.

Les nouveaux chamans de notre époque déclareraient sentencieusement qu'on écrit toujours pour ou contre sa mère. Jamais sans.

Tu n'étais pas nécessaire à l'univers, Nina, soit, mais *tu as été*. Moi non plus, je ne lui suis pas nécessaire, mais *je suis* – en attendant, à vrai dire plus promptement que mon courage ne m'y prépare, de *ne plus être*.

Dieu lui-même, créateur supposé de cette supercherie fastueuse qu'est la vie, ne saurait rien changer à ce miracle : je t'ai rencontrée.

Merci d'avoir existé. Ce n'est pas de ta faute si les molosses lancés aux trousses de tout ce qui bouge sur terre t'auront finalement rattrapée.

4

Peut-être que le monde d'après la mort n'existe que si on l'imagine assez. Chacun fabriquerait ainsi sa version à venir de l'au-delà selon la force et la chamarrure de sa foi, puis y séjournerait « réellement » après sa disparition. Une seconde ou un milliard de siècles, peu importe, puisque l'éternité serait alors devenue une affaire strictement personnelle.

L'incroyant, lui, dispose de moins de choix : le jour venu il s'étendra dans la terre, la humant un peu en un ultime geste de regret – parce que, au fond, rien n'égale cette chose douce et humiliante à la fois : vivre –, et, sans plus espérer, s'enroulera dans les plis noirs du néant. Pour lui, nulle éternité, même relative, de l'autre côté de l'arc-en-ciel ; pas question donc de prendre rendez-vous pour « plus tard » avec ceux qu'il a aimés.

Mais toi, maman, dont l'absence me vide le cœur, avec qui dîneras-tu alors ce soir et les autres soirs de l'infini ?

Comment as-tu rencontré ton époux, ce père tourmenté et irascible qui n'avouait nous aimer que lorsque nous dormions et que nous ne pouvions l'entendre ? Aujourd'hui encore, il m'arrive d'avoir le cœur gros contre ce compagnon de ta vie, mort depuis presque trente ans. Nous aurions pu davantage l'aimer, lui qui répugnait aux épanchements et ne nous présentait le plus souvent que sa face austère.

Toute sa vie, il aura été un homme à fleur de peau, sortant facilement de ses gonds, violent parfois. D'une honnêteté insupportable aux margoulins du marigot politique algérien (et qui lui coûtera cher à la fin de sa carrière de fonctionnaire), acteur follement épris de théâtre, lecteur insatiable, il mourra – de manière affreuse – sans avoir mis le point final à un gros manuscrit qu'il remaniait sans cesse.

Sa vie se découpe en trois tranches à peu près égales : la première à Constantine, de sa naissance en 1919 à son premier quart de siècle ; la deuxième au Maroc jusqu'à l'indépendance de l'Algérie ; la dernière de nouveau à Constantine et s'achevant à son décès, un certain mois de juillet 1982.

Son père, que je n'ai pas connu, était un commerçant important de la Souika, la médina de Constantine. Sa maison se situait à quelques mètres de la mosquée qui portait le nom de son ancêtre, Abd el-Moumen, ce fameux chef militaire et spirituel qui s'était opposé héroïquement aux Ottomans, au XVIe siècle. J'ai déjà rappelé qu'à la suite d'une trahison il avait été proprement éviscéré et bourré de paille par les vainqueurs avant d'être renvoyé, tel un paquet cadeau, à ses proches réfugiés plus au sud dans l'oasis de Biskra. Conscient du rang que lui donnait la place de sa famille dans les annales de la ville, mon grand-père paternel avait donc le maintien et la conduite d'un patriarche auquel il n'était recommandé à nul de ses rejetons de désobéir.

Pour donner une idée du poids de l'histoire ancienne dans la vie au jour le jour d'une ville de province comme Constantine, je rapporterai ici une mésaventure vécue par mon frère, peut-être inconnue de toi, maman. Journaliste d'un quotidien algérois, il avait été envoyé dans la ville de notre enfance pour y réaliser l'interview d'une chanteuse du cru, elle-même sœur d'un grand maître de la musique andalouse. Un ami d'enfance s'était proposé de l'introduire auprès de l'artiste. Mon frère cadet fut invité à patienter dans un luxueux salon où, dans un coin, boudait un petit garçon, fils de la chanteuse. D'humeur badine, le visiteur entreprit de dérider l'enfant, non sans remarquer le regard brusquement désapprobateur de son guide. Une fois l'interview réalisée, il interrogea ce dernier sur la raison de son changement d'humeur. Et voici, en substance, ce que cet ami de Constantine reprocha avec hauteur à ton fils :

– Comment peux-tu jouer avec le descendant de celui qui a trahi ton aïeul Abd el-Moumen ?

Ébahi, il s'entendit expliquer que, s'il n'y avait rien à reprocher à la chanteuse, son époux était en revanche un L., descendant en droite ligne de celui qui avait livré le grand Abd el-Moumen aux Turcs !

– Tu devrais le savoir. Les années passent comme le vent sur la steppe, mais tu es de Constantine, et ces choses-là ne s'oublient pas aussi facilement quand on est comme toi de la famille d'un saint homme ! grommela le guide si imprégné d'histoire. De plus, appuya-t-il avec mépris, ces maudits L. se transmettent le génie de la fourberie de génération en génération. Quand, trois siècles plus tard, les troupes françaises se sont heurtées à leur tour à la résistance de la population, eh bien c'est un autre L. qui a trahi le défenseur, turc cette fois-ci, de la ville assiégée !

L'homme tapota l'épaule de mon frère avec dans la voix un mélange d'indignation et de compassion.

– Que tu le veuilles ou non, tu as reçu en héritage une partie de la baraka de ton ancêtre. Tu as sur toi l'odeur de Sidi Abd el-Moumen, le patron de la ville. Alors tu ne peux te permettre de fricoter avec n'importe qui !

Saisi, mon frère demeura muet devant une manifestation aussi tangible de la puissance du passé.

Revenons à mon père. Je l'aimais, mais presque malgré lui. Je l'aimais moins que je ne t'aime, certainement – sans compter la colère que, souvent, j'ai éprouvée contre lui, et jamais contre toi. Quand il est mort, j'ai été effondré, mais sans me sentir comme aujourd'hui au bord d'un précipice, obligé de me concocter de nouvelles raisons de vivre.

Jamais je ne me suis senti aussi « organiquement » mortel que le jour où j'ai porté ton corps dans un trou fraîchement creusé : je découvrais comme dans une illumination que la vie n'était rien d'autre que le temps que la mort, poseuse prenant ses aises, mettait à nous enfourner dans sa gueule ! Finie donc pour toujours, l'époque, datant à peine de la veille, où la mort, la mienne en particulier, n'était encore qu'un concept : dans vingt ans, j'aurai l'âge que tu avais quand tu es partie ; dans neuf ans, celui de mon père à son dernier souffle. Puis-je t'avouer que, dans mon chagrin du cimetière, il y eut aussi de la peur ? Te voir dans une tombe, c'était m'y voir bientôt.

Ce n'est pas à toi que je dirai que vingt ans ou même neuf, c'est beaucoup.

Je me rends compte que les mêmes feuilles de profond oubli recouvrent les années de jeunesse de mon père. Ne m'en restent que trois ou quatre photographies. Sur l'une, datée au verso de 1933, il doit avoir quatorze ans : il est donc à Constantine. En costume trois pièces, une main dans la poche, un tarbouch sur le crâne, il arbore un sourire hésitant, encore enfantin. La suivante le montre déjà à Casablanca, deux ans après la fin de la Seconde Guerre mondiale, en veste et cravate, marchant, un journal à la main. Il est toujours souriant, ses cheveux sont coquettement coiffés avec une raie au milieu. Son visage ne laisse rien transparaître des années de dèche qui ont précédé, de ce maudit argent qui manquait perpétuellement, des demandes de prêts envoyées en Algérie auquel nul membre de la famille ne daignait répondre. Il ne t'a pas encore rencontrée et il a repris des études, après qu'un patron casablancais lui a balancé à la face qu'il ne voyait aucun intérêt à s'encombrer d'un employé étranger s'il avait fait si peu d'études. Il en a été si humilié qu'il s'est aussitôt inscrit à une sorte de collège de droit et de lettres classiques. Je me souviens d'avoir feuilleté avec émotion ses cahiers d'arabe et d'hébreu, matières enseignées avec un égal talent, m'avait-il glissé avec un sourire en coin, par le même professeur, un Juif marocain.

C'est une décision autoritaire qui a provoqué, quelques années auparavant, sa fuite précipitée d'Algérie vers le Maroc, alors qu'il n'avait pas dépassé les vingt-cinq ans. Acteur de théâtre à ses moments libres, il devait être considéré, selon les critères très stricts en vigueur dans les familles conservatrices de Constantine, comme un joyeux fêtard. Très sourcilleux sur les questions de prestige, le patriarche (alors vice-président des confréries religieuses du département de Constantine, excusez du peu !) avait jugé qu'il était temps d'assagir un tel trublion par les rênes d'un mariage. Sans lui en souffler mot (depuis quand Dieu commande-t-il de consulter des enfants sur des sujets aussi sérieux ?), il s'entendit avec un autre notable de la ville.

Le fils, lui, n'avait aucune envie d'être englué si tôt dans une vie conjugale à la constantinoise, où tout serait tracé d'avance : mioches, travail au magasin sous la pesante direction du père, corvées diverses, et impossibilité de se consacrer à son amour de toujours, le théâtre. Sans plus réfléchir, il détala au Maroc. Son absence, conjectura-t-il, ne devait durer que le temps que les choses (c'est-à-dire la colère du *pater familias*) se tassent. Mais le père avait la rancune tenace, et, jusqu'à sa mort, il ne pardonna pas à son aîné ses appétits de liberté. L'absence durera pendant presque vingt ans, et, les événements d'Algérie s'en mêlant, empêchera mon père d'assister aux funérailles de l'homme qui l'avait banni de sa vie !

Entre-temps, ne pouvant revenir sur la parole donnée à son ami notable, le commerçant autoritaire s'était rabattu sur son autre garçon, âgé d'à peine dix-sept ans, en lui ordonnant de prendre au pied levé la place du fuyard. Dents serrées, le cœur plein d'amertume devant cette union imposée qui tournait à la farce cruelle, le cadet obtempéra. Sa vie durant, lui aussi en voulut à son frère. Lorsque son premier fils naquit, il faillit l'étrangler, tant l'étouffait la rage de s'être fait piéger par ce mariage précoce. Une année avant l'indépendance de l'Algérie et deux ans seulement après son propre père, il quitta ce bas monde, tué dans une manifestation nationaliste, sans s'être réconcilié avec le paria.

En somme, si l'on tient compte de la part de responsabilité du théâtre dans la séparation de ces trois destins, la fatalité aurait d'abord trempé sa plume dans du Feydeau, avant de virer sans prévenir vers une écriture plus âpre.

J'ai collé à un mur de mon bureau l'affiche, jaunie, d'une pièce que mon père avait montée au Maroc. Celle-ci proclame, avec l'emphase habituelle de ce genre de document, que, « *À la demande générale de la population, la célèbre troupe algérienne El-Badr présentera BILAL, le fameux chef-d'œuvre qui fit courir tout Casa-*

blanca, avec Omar Benmalek, vedette de la scène algérienne ».

Bilal est, pour ceux qui ne le sauraient pas, le premier esclave affranchi de l'Islam…

Comment vos chemins se sont-ils croisés, toi exilée dans ta propre maison et lui exilé loin de son pays ? Je tiens la réponse de mon autre nièce, la plus âgée. Enfin, pas si âgée que ça, puisqu'il n'y a pas si longtemps je réussissais à la tenir littéralement debout sur la paume de ma main. Elle n'avait alors que deux ou trois ans, certes, mais elle et moi étions très fiers de ce numéro d'équilibrisme.

Heureusement qu'il t'arrivait d'être parfois sacrément curieuse, maman, sinon, je n'aurais rien su des circonstances qui vous ont liés pour la vie, mon père et toi ! Quelques mois avant ta mort, tu étais à Casablanca avec ta petite-fille, chez mon frère journaliste. En l'absence de ce dernier, une panne de courant qui ne serait réparée qu'au bout d'une semaine ne vous a laissé comme distraction à la tombée du jour que de longues conversations à la lueur des bougies. Sans en avoir l'air, tu as voulu en savoir plus sur l'ami de ta petite-fille. Pas dupe, ma nièce a mis des conditions : d'accord pour des confidences, mais réciproques. Le marché était clair : tu lui dévoilais comment tu avais fait la connaissance de ton futur compagnon, et elle en ferait de même de son côté. Sinon, rien !

Tu t'es d'abord récriée que tu n'étais pas une midinette, voyons ! et que la jeune fille en prenait trop à son aise avec le respect dû à une grand-mère. Tu as invoqué ensuite la pudeur vis-à-vis de ces sujets-là. Puis, devant son sourire en coin, tu t'es réfugiée en dernier ressort derrière les ratés de ta mémoire, que tu prétendais de plus en plus nombreux. En vain.

Tiraillée par la curiosité (j'ai failli écrire : *morte* de curiosité), tu as fini par rendre les armes. Puis, progressivement, tu t'es prise au jeu du récit toujours merveilleux des premiers émois de l'amour.

… Au Maroc, cela faisait quelques mois que le roi indépendantiste avait été déposé, avant d'être exilé à Madagascar et remplacé par un cousin félon. Beaucoup plus loin, en Indochine, se préparait en catimini la bataille de Diên Biên Phu. En Algérie, rien à signaler à première vue, sinon quelques incidents de routine attribués çà et là à des fellahs incultes ; l'armée française était puissante et tout semblait bien parti pour un autre siècle de colonisation raciste à la grand-papa.

Mais ces nouvelles du monde extérieur te parvenaient de manière assourdie. N'être plus une enfant avait eu pour conséquence immédiate de te priver du droit de sortir du logis musulman de ta belle-mère et de ton père sans être accompagnée. Curieuse conception de l'âge adulte féminin dans nos régions où règne l'islam proclamé libérateur, n'est-ce pas ? Mais même si ton quotidien dans cette maison où l'on ne t'aimait guère demeurait désespérément gris, tu étais riche d'une fortune qu'on ne possède qu'une fois dans sa vie : tes vingt ans.

Et tu étais belle, maman. Oh non, ce n'est pas seulement l'appréciation d'un fils aimant : j'ai en ma possession l'une des très rares photographies de toi datant de cette époque. Tu es mince, de longs cheveux noirs bouclés pendent sur tes épaules, et ton regard est à la fois mélancolique et gai. Tu ne sais pas encore ce que l'avenir te réserve, et peut-être le crains-tu parfois, mais l'espérance est plus forte.

Pour l'heure, ton unique échappatoire à la morosité interminable et humiliante des corvées ménagères était, en fin de journée, de t'adosser à la fenêtre et de rêver en regardant s'écouler le flot des gens « libres » : chacun de ces passants était un univers en soi, et tu t'amusais, à travers leurs physionomies, à deviner si celui-ci, qui cheminait gaillardement, avec l'air de vouloir tenir tête à la ville entière, était réellement heureux, ou si celui-là, courbé tristement, était accablé par un vrai malheur ou seulement l'objet d'une contrariété passagère. Cette femme d'allure un peu hardie qui tournait la tête vers celui qui semblait être un époux (ou un amant), lui adressait-elle un sourire d'adoration ou se moquait-elle de lui ? Et telle toute jeune fille, un fichu délavé sur la tête, sans doute la bonne de quelque famille arabe ou européenne qui devait la faire trimer du matin au soir contre une bouchée de pain, avait-elle des désirs au-dessus de sa condition ? Regrettait-elle de n'être jamais allée à l'école ? Aspirait-elle à rencontrer un prince charmant qui viendrait l'extirper de son existence de servitude ?

D'ailleurs, ces fameux princes charmants existaient-ils seulement ? Ton cœur se serrait à l'évocation des sentiments flamboyants qui avaient uni, puis séparé de manière aussi furieuse, ton père et ta mère. Mariés, ton prince et ta princesse l'avaient été, et des enfants, ils en avaient eu, comme le recommande tout conte qui se respecte, mais l'anéantissement de l'amour avait eu lieu, entraînant la ruine du royaume familial.

Les enfants n'empêchent pas la haine entre les parents, parfois même en sont-ils la cause par ce qu'ils créent d'obligations soudaines pour deux personnes d'abord légères comme le vent, t'arrivait-il de constater, chaque fois avec la même horreur. Devant l'ordre mauvais du monde, une subite envie de pleurer te prenait, que tu refrénais avec soin par crainte des sarcasmes de ton entourage.

L'expérience t'avait appris à te méfier des fariboles des contes de fées. Mais tu avais quand même vingt ans.

Parfois, un passant levait les yeux vers ta fenêtre. Tu reculais alors prudemment dans la pénombre de la pièce pour te remettre à ton poste de rêverie quand le piéton impudent s'était éloigné. Tu ne le savais que trop : les médisances sont pires que l'amadou, la moindre étincelle suffit à les enflammer. Aucune eau ensuite ne réussit à les éteindre tout à fait.

Ton étrangère de mère en avait d'ailleurs lourdement pâti : des choses terribles avaient été murmurées contre elle par des membres de la parentèle de ton père, insupportés par ce mariage avec une chrétienne surgie de l'autre bout du monde. Rendez-vous compte, gens de foi, cette voleuse d'hommes ne craignait pas de voyager jour et nuit dans la promiscuité de garçons et de filles aux vertus bien improbables ! Il n'était pas rare que de tels propos fussent répétés devant toi avec une feinte inadvertance. La menace était on ne peut plus claire : au moindre soupçon de « mauvaise conduite », les langues de vipère utiliseraient leur poison contre toi – fille d'une *roumia*, n'étais-tu pas encline, presque biologiquement, à hériter des vices de son engeance ?

Mais ce passant particulier qui avait levé les yeux avant, vite, de les rabaisser et d'accélérer le pas, comme pris en flagrant délit de je ne sais quoi d'illégal, et qui récidiva le lendemain à la même heure comme par hasard ?...

Tu ne l'avais pas remarqué tout de suite, car il ne restait que très peu de temps dans ton champ de vision. C'est la régularité de ses apparitions et sa timidité mêlée d'un zeste d'effronterie qui attirèrent ton attention.

Le manège a duré longtemps, plusieurs mois je crois. Au passage de l'inconnu en costume-cravate, tu ne te cachais plus, mais tu ne croisais pas pour autant son regard, cela aurait manquer de bienséance : tu faisais semblant de regarder vers le ciel, en apprentie astronome soudain captivée par l'observation des étoiles en plein jour.

Le plus beau des feux commence toujours par des brindilles, professent joliment les Gitans. L'inconnu savait y faire. Tu en tombas amoureuse, sans rien savoir de lui.

Tu apprendras plus tard que celui qui te courtisait ainsi muettement était acteur de théâtre par passion et instituteur par nécessité, pas très grassement payé bien entendu. Ton passant considérable avait en outre quinze ans de plus que toi, et son pays n'était pas le tien.

L'âge ne constituait pas un problème, mais le théâtre ? Mais l'exil, le sien, qui impliquait à terme le tien – puisqu'il ne t'a pas caché vouloir revenir en Algérie, une fois que celle-ci serait indépendante ?

Le cirque et l'exil pour la première génération, le théâtre et l'exil pour la seconde, tout cela n'avait-il pas un arrière-goût de rabâchage ?

Était-ce une clownerie du sieur Destin ? Se méfier du sens de l'humour de ce joyeux drille.

Tu as dû avoir un peu la trouille, n'est-ce pas, maman, que le malheur, ainsi titillé, ne te rejoue une variante de la partition qui avait mis ta mère genou à terre ? Alors pourquoi as-tu finalement accepté de hasarder ta vie en la liant à celle d'un homme dont tu connaissais si peu de chose ?

« C'est qu'il était beau, mon homme », as-tu expliqué, rougissante, à ma nièce fouineuse. Tu n'en as pas livré plus, et, maintenant qu'il est trop tard, je devrai me contenter de cette réponse lapidaire. Bon Dieu, pourquoi ai-je manqué à ce point de curiosité quand tu étais vivante – état de fait si banal il y a si peu de temps, et si extraordinaire à présent ? Je t'ai embrassé les pieds quand tu es morte, pourquoi ne l'ai-je pas fait avant pour te soutirer l'histoire des moments-clés de ta présence sur terre – donc, un peu, de la mienne ?

Ton récit me concernait directement : où serais-je si tu n'avais connu cet homme en particulier ? Je ne crois malheureusement pas à cette tradition de je ne sais au juste laquelle des trois religions monothéistes qui prétend que toutes les âmes possibles ont été créées en une seule fournée au début de l'univers et que, depuis, chacune attend patiemment le couple qui la fera sortir de cette léthargie d'avant l'existence, préparation paradoxale au retour à une léthargie encore plus *réussie*, celle de la vraie mort, longue et épaisse.

Alors, pourquoi cette mienne indifférence quand subsistait encore la possibilité de te questionner et, peut-être, de savoir ?

Pourtant, quand je prépare un roman, je peux m'épuiser pendant des mois à lire, prendre des notes et visiter, le cas échéant, un nombre respectable de bibliothèques. Et je n'ai rien accompli de semblable pour le livre le plus vital pour moi.

Il avait de l'allure, certes, cet étranger réfugié à Casablanca, et de la décision, puisqu'il ne tarderait pas à demander ta main. Je n'ai pas la moindre idée de ce qui s'est passé ensuite : fiançailles, fête de mariage... Ta mère a-t-elle été invitée ? Ta belle-mère était-elle heureuse de se débarrasser de toi ? Ton père a-t-il été ému, malgré tout, de te voir quitter le giron familial ? Tout se résume pour moi à l'extrait d'un document rédigé par un cadi, dans un langage si fleuri que je ne résiste pas au plaisir d'en citer un extrait :

Louanges à Dieu ! Que les bénédictions et le salut soient sur son Envoyé... Le jeune homme très distingué, Sidi Omar B., fils de Chemseddine, originaire de Constantine, Algérie, professeur au collège Sidi Mohamed Ben Youssef, né en... Prend pour épouse la demoiselle que Dieu a dotée de toutes les vertus, Seïda Habiba, fille de Sidi H., originaire de Rabat...

Laquelle épousée est vierge, majeure d'âge, est placée sous la tutelle de l'autorité paternelle en toutes situations et circonstances de la vie, et est apte au mariage...

Il l'épouse suivant les préceptes du Livre Saint et de la Sunna... Il aura pour elle des égards ainsi que le recommande le Coran ; et en cas de répudiation il usera de procédés bienveillants...

Elle lui est donnée en mariage par son dit père, en vertu des pouvoirs que Dieu lui a conférés sur elle de contracter mariage en son nom et de veiller sur elle avec sollicitude... L'époux accepte lui-même le présent mariage, en agrée les conditions et s'y oblige. Que Dieu le Très Haut dirige la présente union selon Sa volonté et Son désir ! Qu'Il la favorise par une progéniture vertueuse et savante !

Le père de l'épousée est d'identité connue. Signalement de l'époux : teint clair, visage ovale, barbe rasée...

Les déclarations des parties ont été reçues à la date du samedi, à neuf heures du soir, dernier jour de joumada deuxième mil trois cent soixante treize de l'Hégire... Tribunal du cadi de Casablanca, Nouvelle Médina...

Qu'ajouter à cela ? Tes dés étaient jetés, et, si j'en crois cette prose, avec l'aval du Créateur en personne – c'est-à-dire, pour parler vrai, sans beaucoup se soucier de ton avis...

5

Je me rappelle ces grosses olives violacées, très amères, que tu mettais à mariner dans une espèce d'amphore après les avoir légèrement fendues et salées. Puis de ces fleurs de bigaradier que tu distillais des heures durant avec un alambic pour en extraire de l'eau de fleur d'oranger, embaumant notre appartement jusqu'à ce que nous en éprouvions un peu d'ivresse. Que sais-je encore : de la kesra, *galette cuite sur un plateau en terre posé sur un brasero, si délicieuse que j'en salive rien que d'en écrire le nom ; des* makrouds, *ces gâteaux fourrés de datte écrasée, ces cornes de gazelle rapportées de ton fabuleux Maroc ?... Enfant, j'étais gourmand. Je le suis resté. Je fonds toujours devant une poignée d'olives amères ou de confiseries de Constantine. Tu nous nourrissais suavement, avec la conscience professionnelle d'une mère parfaite. À nos yeux, en tout cas.*

Et pourtant, je vais te faire un aveu terrible, maman : à un moment donné, la pensé de te tuer s'est invitée parmi nous. À dire vrai, la langue a forgé un autre mot plus convenable que ce sinistre vocable : eutha-

nasier. Tu souffrais tellement de ton cancer et l'hôpital se révélait à ce point incapable (ou plutôt : se fichait pas mal) de te soulager, que, sans en discuter, nous avons deviné que l'idée d'abréger ton tourment venait de nous effleurer.
D'abord nous fûmes effarés par l'horreur de cette pensée, la repoussant de toutes nos forces de vieux enfants auxquels, jadis, tu avais donné la becquée. Ensuite nous fûmes paralysés par l'ampleur du courage qu'il nous aurait fallu pour t'aider à mieux mourir, nous si lâches devant ta géhenne.
En mère parfaite (je n'exagérais pas, tu vois), tu t'es alors empressée de partir.

Te voilà donc unie, à vingt ans, à un homme de trente-cinq ans qui, l'espères-tu en secret, rachètera un peu ce que tu as qualifié, à l'occasion d'une de tes rares confidences, de « foutue enfance ».

Mon père le Sévère – que ses enfants surnommeraient plus tard avec une ironique rancœur *le Pater* – se révéla-t-il, durant cette période si précieuse pour deux nouveaux mariés, un époux romantique ? Te murmura-t-il des mots d'amour ? T'offrit-il, au moins au début, des fleurs à défaut de ce voyage de noces dont il n'avait guère les moyens ? Te lut-il quelques-uns de ces beaux poèmes arabes dont il était friand ?

Je n'en saurai jamais rien, tout cela est désormais enfoui dans les poches du temps. Et pourtant, cela aurait été une telle joie. Je m'entends : joie pour moi, du point de vue le plus égoïste qui soit. Tous les enfants pressentent instinctivement que, si leurs parents ont sincèrement joué leurs rôles au théâtre de l'amour, leurs rejetons s'en trouvent, osons l'adverbe, *métaphysiquement* justifiés. Si, même durant une poignée de mois, tes parents se sont aimés au point de faire flamber leurs cœurs et leurs corps, alors tu as hérité par droit d'amour d'une de ces baraques plus ou moins sordides, plus ou moins jolies, ornées d'une pancarte annonçant *la Vie !*

Sinon, n'est jamais très loin le sentiment de n'être qu'un imposteur sur terre…

Je n'ai jamais vu mon père ébaucher un vrai geste de tendresse envers toi, encore moins t'embrasser devant nous. Ces choses-là, m'objecteras-tu, ne se font pas ostensiblement dans nos pays. Mais comme j'aurais voulu qu'il en fût autrement ! Et comme je voudrais être certain que tu aies eu droit à ton lot d'attentions amoureuses dans le secret de votre intimité… Un jour, j'ai surpris mon père chantant *Besame mucho* alors qu'il se croyait seul : il avait dépassé les soixante ans, et son caractère demeurait aussi despotique, mais il avait dans sa voix une telle sincérité juvénile, lorsqu'il entonnait sans crainte du mélo « *Embrasse-moi, embrasse-moi beaucoup / Comme si cette nuit était la dernière fois / Embrasse-moi, embrasse-moi beaucoup / Car j'ai peur de te perdre...* », que j'en fus tout remué.

La gorge nouée, je me souviens d'avoir songé avec ravissement : oh, m'man, le *Pater* n'est pas seulement ce patriarche dur et coléreux que nous connaissons, il est aussi quelqu'un qui chante, et c'est pour toi qu'il chante, m'man, c'est pour toi !

Tes cinq enfants sont donc nés au Maroc, presque les uns derrière les autres : ma sœur aînée, moi, mon autre sœur, suivie de mes deux frères. Je garde très peu de souvenirs de cette période marocaine qui dura jusqu'à mes cinq ans.

Au hasard : ma sœur qui va déjà à l'école et moi, envieux, portant son cartable ; une voiture d'enfant dans laquelle je pédale fièrement ; une séance de cinéma huit millimètres chez des voisins européens durant laquelle j'éprouve un sentiment très net de jalousie sociale : ces gens peuvent filmer l'anniversaire de leur petite fille, eux appartiennent au monde des riches, des privilégiés, tandis que nous... ; des confitures de coing en grande quantité que tu alignes sur une étagère ; un jardin dans lequel j'ai déniché un scorpion que j'ai rapporté à la maison, et mon père qui, après la peur de sa vie, court derrière moi pour me punir...

Un autre souvenir, plus désagréable celui-ci : je suis au bas de l'escalier de la maison de mon grand-père maternel ; j'ai commis une quelconque bêtise et j'attends, paralysé, la réaction de ta marâtre qui me toise avec une moue de contrariété du haut des marches. Je me rappelle la menace exprimée par sa grimace, mais pas le visage lui-même.

Bien entendu, d'autres réminiscences visuelles de ce passé casablancais sont plus explicites grâce à des photographies prises par mon père. J'en possède une vingtaine environ, que j'ai agrandies et scannées de manière à pouvoir les contempler sur l'écran de mon ordinateur. Mais aucun halo mémoriel n'entoure ces clichés, rien qui titillerait ma réserve de souvenirs et en attirerait de nouveaux à la surface de ma conscience. Quand j'examine ces images, je suis profondément perturbé : peut-on qualifier de souvenir ce dont on ne se souvient pas, mais qu'on sait s'être produit puisqu'il en existe une preuve ou, plutôt, un ersatz photographique ?

A contrario, ce qui nous semble « biologiquement » enregistré à l'intérieur de notre crâne, que l'on ressent profondément avec, disons, la chair de sa cervelle, est-il forcément digne de foi ?

Je m'explique, maman. Un de mes « souvenirs » les plus intenses, que je revis chaque fois comme si l'événement dont il représente l'empreinte bioélectrique dans les tissus de mon cerveau s'était produit hier, est en même temps de l'ordre de l'impossible : j'ai quatre ans environ et je me trouve dans la cuisine au fond du jardin. Je grimpe sur une chaise, j'ouvre le robinet au-dessus de l'évier et je bois longuement de la limonade noire. Je réalise, cela va de soi, que cela n'a pu avoir lieu, et, pourtant, je me « souviens » encore du goût délicieusement sucré de cette boisson dans ma bouche ! Et aujourd'hui encore il me suffit parfois d'une gorgée de limonade noire pour qu'une poignante sensation de paradis perdu s'empare de moi.

Comment, ensuite, avoir confiance dans ses propres souvenirs, opérer le tri entre les « vrais » et les « faux », si l'intensité avec laquelle notre cerveau nous les renvoie n'est plus un critère d'authenticité ? Que décider si, circonstance aggravante, les premiers comme les seconds apparaissent semblablement plausibles ?

Je pense, donc je suis, affirmait l'un. *Je me souviens, donc je suis*, correspondrait davantage à l'intuition que nous nous forgeons de l'unité de notre moi soumise à l'œuvre dissolvante du temps. Mais si ma mémoire me berne, si elle se moque de moi, alors qui suis-je, ou, plus radicalement, *suis-je* vraiment ? Est-on vivant à proportion de la densité et de la loyauté de ses propres souvenirs, et mort à proportion de leur effacement ou de leur fourberie ?

À l'aune de ces critères, je serais donc un peu mort, n'est-ce pas, donc gisant déjà, au moins en partie, à tes côtés, maman ?

Durant ces années marocaines, je ne « vois » ni ton visage ni même ta silhouette, mais je te « sens » autour de moi. Je ne me demande même pas si tu m'aimes ou si je t'aime, cela est inutile : autant demander au soleil s'il est conscient qu'il éclaire ou au poisson s'il est mouillé. Dans l'épisode de l'escalier, je « sais » que tu es intervenue pour empêcher ta belle-mère de me frapper.

Tes traits physiques, eux, ne commencent à se préciser dans ma mémoire qu'à partir de notre déménagement en Algérie.

Je ne parle pas, naturellement, des fameuses photographies où tu apparais en jeune et jolie femme souriante, debout dans un jardin sur fond de roses avec tes trois premiers enfants, ou au volant de la Simca d'occasion de mon père que tu fais semblant de conduire (car tu n'as jamais eu le permis de conduire...). Beaucoup plus tard, avec quelle attention les ai-je examinées sur mon écran, ces photos trop gaies, en agrandissant tes yeux au maximum pour y surprendre, pourquoi pas ? le reflet d'une explication à cette cruauté du temps qui passe !

Pourtant, il y a bien eu un moment – ton expression épanouie sur ces photos le démontre – où tu pensais être vivante à tout jamais. Et maintenant tu es morte. Ah, j'aurais tant désiré, avec mon esprit actuel, te rencontrer à l'âge qui était alors le tien à Casablanca, pour deviser avec toi non plus comme un fils avec sa mère, mais comme deux vieux amis qui ne se sont pas vus depuis longtemps. T'inviter, par exemple, à faire une promenade, ou, mieux, s'attabler à l'un de ces restaurants de poissons dont tu étais si friande, pour échanger quelques propos sur nos expériences respectives et, de mon côté, deviner, au gré de tes confidences, si les blessures de ton enfance encore si proche avaient commencé de cicatriser...

Et peut-être me donnerais-tu l'explication de la peine étrange que j'ai éprouvée pour cette femme qui s'était jetée d'une falaise, un jour que nous nous étions rendus au bord de la mer pour pique-niquer. Je me rappelle d'autant mieux l'endroit que c'est l'un des rares souvenirs importants pour lesquels je dispose d'un « complément » photographique. Le cliché en noir et blanc est assez net : nous posons devant l'objectif, papa, mes deux sœurs et moi, et c'est toi qui tiens l'appareil. Élégamment habillé, mon père arbore des lunettes de soleil. Cheveux coupés très court, je porte quant à moi un short tandis que mes sœurs, jolies à croquer, sont vêtues de robes blanches. Nous nous trouvons sur une plate-forme rocheuse dont le bord est à une dizaine de mètres, et nous tentons de sourire malgré le soleil aveuglant. La scène est très familiale, mais, derrière sa banalité de façade, elle représente pour moi l'image même de la tragédie, parce qu'elle est intimement liée à cette inconnue désespérée au point de souhaiter se fracasser le crâne.

J'avais un peu plus de quatre ans, et aucun de nous n'avait été témoin du suicide, mais les gens autour de nous en parlaient à voix basse, avec de temps à autre des coups d'œil effrayés à la falaise. « *Elle était tellement jeune ; une histoire d'amour ; un enfant mort ; non, un divorce ; enfin, un malheur insupportable…* » : voilà les bribes d'explication contradictoires que mes oreilles de gamin avaient captées. Parce qu'il y avait le soleil et la mer, je n'ai pas ressenti de peur sur le moment, juste une pitié nauséeuse. Qui pouvait commettre cette action proprement inconcevable : s'infliger volontairement l'anéantissement ? L'angoisse est venue le soir et a perduré longtemps après. Je compris subitement que si une femme avait su accomplir ce geste, alors toi, moi, papa, mes sœurs, chacun de nous possédait la capacité épouvantable de l'imiter : la falaise tentatrice, non contente de fanfaronner au bord de l'océan, existait également en notre for intérieur.

Et mon père, que faisait-il, pendant que tu t'occupais de la lourde tâche de nous élever ?

D'abord il se consacrait à son travail d'enseignant chichement payé qui nous obligeait à déménager d'une ville à une autre : Casablanca, Fès, Rabat, Meknès – je ne saurais dire d'ailleurs dans quel ordre. Mais, en plus de sa passion du théâtre, une autre exigence était apparue, prenant progressivement le dessus. L'année même de votre mariage éclatait en effet la guerre d'Algérie. Très vite, tout le temps libre de mon père fut consacré à la collecte clandestine de médicaments, d'armes et d'argent pour les maquisards des djebels algériens. Des réunions se tenaient souvent à la maison, et la légende familiale veut que le bébé braillard que j'étais gênât beaucoup les conciliabules des hommes de l'ombre réunis chez nous. Pour autant, plus tard, lui-même ne se vantera jamais auprès de nous des dangers qu'il avait encourus à l'époque. En réalité, et malgré le diplôme de combattant que l'Algérie lui décerna après l'indépendance, il fit même mieux (ou pis) : le profond nationaliste qu'il était choisit purement et simplement de garder le silence sur son passé marocain !

Je devine néanmoins que cette période n'a pas été sans tourments ni sans alarmes pour notre famille. Il y a seulement quelques mois, nous prenions le petit déjeuner dans ton appartement de la banlieue d'Alger. Nous n'étions guère bavards, toi et moi, ce jour-là.

C'était cependant un rituel précieux, ce café et ces makrouds partagés, car nous avions peu l'occasion de nous voir depuis plusieurs années, toi demeurant en Algérie, moi en France. Je revenais de Constantine, où j'avais présenté mon dernier roman, *Le Rapt* – qui traitait justement des horreurs de la guerre d'Algérie. Je t'avais confié mon amertume d'avoir cherché en vain la tombe de mon père dans le cimetière de la ville, les mauvaises herbes ayant envahi la portion de terrain où celle-ci était censée se trouver.

– Ce fichu pays ne respecte plus ses morts, as-tu murmuré, avant d'ajouter : Et pourtant, tu peux me croire, il l'aimait, son Algérie.

– Il y a si longtemps qu'il est mort…, ai-je soupiré.

– Trente ans déjà, mon fils, et il ne se passe pas un jour sans que je pense à lui. Sa mort effroyable, ses colères, son travail qui lui prenait tout son temps et qui lui a coûté si cher à la fin, combien il avait à cœur votre éducation, combien il vous aimait sans jamais vous l'avouer, combien, peut-être, il…

Sur ton visage s'est inscrite une furtive expression de chagrin mêlé de grief. Tu n'es pas allée jusqu'au bout de ta phrase. Allais-tu, comme je l'ai espéré, poser cette question qui devait te tarauder : *combien il m'aimait ?…* Nous nous sommes tus. Pour me donner une contenance, j'ai touillé longuement mon café sans sucre avant de jeter :

– Comment aurait-il réagi, lui un combattant pour l'indépendance, si on lui avait annoncé que trois de ses enfants choisiraient non seulement de vivre en France, mais d'en prendre la nationalité ?

Pour éviter de répondre, tu as ébauché un drôle de petit sourire, à la fois ironique et fatigué. J'ai senti que ce sourire était également un reproche voilé : nous, tes enfants, étions presque tous partis à l'étranger tandis que toi, l'exilée marocaine, tu restais en Algérie.

Tu as repris, d'une voix basse, presque intérieure :

– L'Algérie de maintenant, ce n'était pas l'idée que ton père se faisait d'un pays libre et respectueux de ses citoyens. Peut-être que c'est en réalité une bonne chose qu'il ait disparu avant de connaître les tueries des années quatre-vingt-dix… Votre départ en France l'aurait rendu malade, bien sûr, car il dévalorisait le combat de sa vie. Mais c'est vrai, ce n'était pas toujours évident, même lors de la guerre d'indépendance, de se battre pour le bien de ce pays. Au Maroc, il craignait aussi bien les soubresauts répressifs du protectorat français en fin de course que la police royale marocaine ou même ses propres compagnons du FLN.

Tu m'as alors rappelé qu'il avait failli être exécuté à la suite de divergences politiques avec certains de ses supérieurs. Tu ignorais lesquelles, mais tu avais bien cru sa dernière heure arrivée lorsqu'il avait été jeté dans une geôle d'un camp du FLN au Maroc pour y attendre son exécution pendant plusieurs semaines. Dans les familles de l'émigration algérienne, il se murmurait déjà que les conflits idéologiques entre militants du Front se réglaient bien trop souvent par la liquidation physique. Papa a eu de la chance, il a fini par être relâché.

– Et il a repris l'action clandestine ? t'ai-je demandé.

– Aussitôt. Tu t'en souviens : plus têtu que lui... Tu ne dois pas te tromper : de cette histoire d'arrestation qui a failli lui coûter la vie, il lui est resté une méfiance profonde envers ceux qui s'apprêtaient à s'emparer du pouvoir dans ce pays, mais jamais cela n'a entamé le moins du monde son patriotisme. Pendant sa jeunesse, ton père avait trop souffert du mépris et de la condescendance des colons français envers les Arabes. Arrivé à l'âge adulte, il avait décidé une fois pour toutes qu'il ne voulait plus supporter cette indignité.

Ma douce maman, je suppose que cette méfiance du *Pater* explique la seule image frappante que je garde de notre grand départ vers l'Algérie, presque aussitôt après la proclamation de son indépendance.

Nous sommes enfin dans le train du mythique retour vers la Jérusalem algérienne – enfin, pour mon père seulement, puisque le reste de la famille n'a jamais connu jusque-là d'autre pays que le Maroc. Le train est bondé de réfugiés émus et bruyants. Nous sommes surchargés de bagages. Tu portes un haïk blanc, cette longue étoffe enroulée sur le corps et maintenue par une ceinture ou, parfois, par une fibule.

Tu vis le début d'un exil qui durera, mais tu l'ignores encore, ta vie entière. Mon père est sur les nerfs, parce qu'il vient d'oublier dans un café une valise contenant tous nos documents et l'argent du voyage. Pour une fois, la chance est avec nous, il réussit à la retrouver avant que le train ne démarre. Nous approchons lentement de la frontière ; à un moment, alors que nous sommes seuls dans le compartiment, papa te remet vite un pistolet et un sachet de balles. Tu dissimules le tout sous tes vêtements, et nous nous apprêtons, le cœur battant, au contrôle de nos laissez-passer. Les nouveaux policiers *algériens* (!), présumés pudibonds, ne devraient pas se hasarder à fouiller une femme. Encore moins une mère portant un bébé, en l'occurrence mon plus jeune frère. Mais tu as quand même dû avoir sacrément peur, parce que l'arme avait vraiment une sale gueule d'instrument de guerre et que, circonstance aggravante, tu étais bel et bien une étrangère.

Mon père avait certainement entendu parler des violents affrontements fratricides qui venaient d'opposer les maquis de l'intérieur à l'armée dite des frontières, laquelle regroupait les soldats de l'ALN précédemment casernés en Tunisie et au Maroc, des deux côtés des barrages électrifiés édifiés par les militaires français. L'armée des frontières s'empara même, en juillet, de Constantine, la ville bien-aimée de mon père. Chat échaudé craignant l'eau froide, ton mari avait de toute évidence décidé de prendre une ou deux précautions.

Heureusement, il n'eut jamais à se servir du pistolet, élevé, après ce passage de frontière, à la dignité de protecteur ultime de la famille. L'engin de mort dormira longtemps dans le creux d'un mur de notre appartement de Constantine, avant de « disparaître » au début des années soixante-dix. Entre-temps, adolescent fureteur, j'avais réussi à en dénicher la cachette et tenté, un après-midi d'inconscience, de le « réveiller » en tirant de la fenêtre sur les nuages, curieux du vacarme de la détonation. Heureusement, le mécanisme de mise à feu s'est enrayé, et, tremblant soudain que mon père ne me découvre, j'ai prestement remisé l'arme dans sa tanière.

6

Et je compris à ce moment précis le chagrin de l'antilope – ton chagrin – qui sent les dents du lion déchirer sa gorge.
Oui, mais c'est le prix à payer pour avoir été vivant, as-tu commenté après une courte délibération intérieure… bien que, as-tu ajouté avec un maigre sourire, j'eusse préféré payer ce prix d'abord, *et vivre ensuite.*

Les années se sont ajoutées aux années et l'exil, interminable, a refermé peu à peu ses mâchoires sur toi, parce que les relations entre le Maroc et l'Algérie, deux pays qui pourtant se proclamaient frères, se tendaient progressivement à cause de banales disputes africaines de délimitation des frontières. Un an seulement après l'indépendance algérienne, le conflit verbal dégénéra en affrontements armés qui, en un mois, causeront des centaines de morts de part et d'autre. Et, une décennie plus tard, l'affaire du Sahara occidental envenimait davantage encore l'atmosphère entre les deux voisins.

Tu ne pouvais pas retourner au Maroc, ne serait-ce que pour une courte visite, car le risque que les autorités policières de l'un ou l'autre pays ne t'autorisent plus à revenir auprès de ton mari et de tes enfants était trop important. Les exemples de familles algéro-marocaines brisées par les vicissitudes politiques entre Alger et Rabat se multipliaient et incitaient à la prudence. D'ailleurs, pendant une dizaine d'années, tu n'as même pas possédé de carte de résidence : mon père n'osait te déclarer à la police des étrangers, de crainte qu'elle ne te renvoie dare-dare chez le roi du Maroc.

Maman, te rends-tu compte : toi, mère de cinq Algériens, tu as d'abord été une sans-papiers dans leur pays, une *clando*, comme on dit à présent !

Mais tu as fini par les avoir, et à présent ils pèsent bien lourd, ces documents en forme de dalles de béton scellant ton alliance définitive avec la terre de ton pays d'adoption.

Nous avons d'abord vécu dans la vieille ville de Constantine, au deuxième étage de la maison de mon grand-père paternel (celui-là même qui avait tenté de marier mon père de force), à une centaine de pas de la mosquée dédiée à mon célèbre ancêtre, Abd el-Moumen. Tu y as fait la connaissance de la deuxième épouse de l'autoritaire ancêtre, veuve, que nous appelions respectueusement *Lalla*, terme dont la traduction approximative serait « ma Dame ». Mes sœurs, mes frères et moi avons aimé tout de suite cette vieille femme, peut-être parce que nous sentions qu'elle nous ressemblait un peu : perdue dans cette grande bâtisse, isolée du reste de la famille des B., ne recevant que peu de monde. Mon père, lui, ne l'appréciait guère. Au fond, il lui reprochait sans le dire d'avoir été non seulement la « concurrente » de sa mère, mais aussi de lui avoir survécu.

Nous n'avons passé que peu de temps dans la maison de la Souika, la médina de Constantine, mais les visites que nous rendîmes par la suite à *Lalla* ont toujours été une source de joie pour moi – et pour toi aussi, je crois. Tu venais avec quelques présents, du café, du sucre, des victuailles également, car la vieille dame vivait pauvrement. D'une coquetterie surannée, elle avait dû être belle et s'affublait encore de l'ancienne coiffe conique des citadines de Constantine. Que de contes traditionnels de la région avons-nous pu entendre de sa bouche, qui nous faisaient sentir un peu moins étrangers, nous que les autres gamins et leurs parents n'hésitaient pas à désigner parfois comme les enfants de la Marocaine ou, plus tard, quand ta mère parvint à passer quelques semaines d'été avec nous, comme ceux de la *gaouria*, autrement dit l'impie, la chrétienne, l'Européenne quoi !

Hommage à toi, *Lalla* l'hospitalière, qui m'accueillis sans poser de questions quand j'atteignis l'âge des disputes répétées avec mon père et que je quittai à plusieurs reprises le domicile familial ; merci à toi, *Lalla* la pieuse, dont la compréhension alla jusqu'à abriter mes premières amours.

Hélas, je n'ai pas eu l'occasion de te « rendre ton bien », comme on dit ici : quand je suis revenu d'Ukraine, tu étais déjà largement atteinte par la maladie d'Alzheimer et tu ne me reconnaissais plus. Au mieux, tu me confondais avec mon père et me reprochais de rentrer si tard à la maison ; tu craignais que cela ne déplaise à ton époux, le maître de ta maison disparu depuis des lustres. Quelquefois, tu demandais de mes nouvelles, comme si tu étais en présence d'un de mes amis. Les larmes te venaient aux yeux parce que tu te figurais, dans ton délire, qu'on t'avait appris ma mort.

Ah, *Lalla*...

Nous avons donc rapidement quitté la Souika. Nouveau quartier, nouvel appartement. Tu étais resplendissante à Constantine, maman, vaillante à la tâche et si jeune encore, tout à la décoration de ton logis, loin d'imaginer que viendrait une matinée, un demi-siècle plus tard, où un infirmier de mauvaise humeur t'offenserait devant nos yeux sans que nous puissions rien y faire.

Tu seras allongée sur ton lit de malade à Alger, la bouche crispée par la douleur. Ta vie entière n'aura pas suffi à te préparer à cet instant. Suspendue au pied à perfusion, la poche contenant le produit morphinique sera vide depuis deux bonnes heures. L'infirmier ne venant pas, l'un d'entre nous partira à sa recherche dans le dédale des couloirs de l'hôpital. Je t'aurai peu parlé, de quoi peut-on parler avec quelqu'un tordu par la souffrance ? Je t'aurai peu touchée également, à la différence de mon cadet qui te massera longuement les pieds. Je me tiendrai à côté de ton lit, brisé par le chagrin et la honte de me révéler, moi ton fils le plus âgé, incapable de te procurer le moindre soulagement.

L'infirmier surgira, une grimace d'impatience aux commissures des lèvres. Après avoir accroché la nouvelle poche, il jettera l'ancienne sur ton lit en un geste de colère, à quelques centimètres seulement de ton visage. Puis il sortira de ta chambre, nous défiant du regard d'émettre la moindre protestation. Nous n'oserons réagir car la menace sera claire : un seul mot et votre mère n'aura plus de morphine ! Les poings serrés, je penserai : « Chacal, je te tuerais volontiers », mais je ravalerai ma rage et tenterai de te sourire.

Pardon, maman. Pour ce salaud. Pour nous, tes mômes devenus adultes, qui n'aurons pas su mieux te défendre.

Le nouvel appartement est clair, avec plein de fenêtres et une vue splendide sur le mythique pont de Sidi Rached. Tu émets bien une critique sur son exiguïté pour une famille de sept personnes, mais à mi-voix, pour ne pas gâcher le plaisir de ton mari. Il est fier de s'être si rapidement débrouillé ! Quelques mois seulement après son retour en Algérie, un appartement tout neuf et un emploi : celui de directeur du théâtre municipal de Constantine, pas moins !

Être payé pour se consacrer à sa passion de toujours, voilà ce que l'Algérie indépendante lui offrait d'emblée en guise de miraculeux cadeau de retour.

C'était trop beau pour durer. Il déchanterait rapidement en découvrant la puissance de la censure politique et sociale, et l'insuffisance des moyens mis à sa disposition. Mais, pour le moment, il est tout à son bonheur de remettre ses pas dans ceux de son enfance et de se perdre à nouveau dans les dédales de sa ville, cette austère citadelle défendue par un ravin, couturée de ponts vertigineux, et où résonnent des noms aussi évocateurs que *place des Chameaux*, *souk de l'Aube*, *boulevard de l'Abîme*... Certes, il a découvert qu'il a été spolié de sa part d'héritage, mais cela ne suffit pas à altérer son enthousiasme. Et puis le courage lui manque d'intenter un procès à la femme de son défunt frère – celle qui, justement, aurait dû autrefois lui échoir comme compagne...

Nous faisons bientôt connaissance avec la sœur de mon père, qui vivra dorénavant avec nous. Les « autres » ont été ravis de s'en débarrasser. *Amti* (ma tante) est plus âgée que son frère d'une bonne poignée d'années, et elle n'a pas, selon l'expression locale, « son esprit ». Le regard terne, elle passe des heures entières prostrée dans un coin de la salle à manger ou du balcon qui donne sur le pont Sidi Rached, sans émettre un mot, ou bien, soudainement, elle s'enflamme dans un incompréhensible murmure avec elle-même, entrecoupé de petits gloussements dénués de joie. Au début, nous, les enfants, la craignons un peu parce qu'elle peut être sujette, nous a-t-on prévenus, à des accès de violence. Nos craintes se révèlent vite exagérées et nous nous habituons à sa silhouette anguleuse et à son visage creusé par de grands yeux perpétuellement cernés.

L'histoire d'*Amti* est cruelle et me serre encore la gorge, à présent qu'il m'est possible de me mettre à sa place. Mais, pendant longtemps, avec l'égoïsme et la dureté des gamins, j'ai considéré cette malheureuse tante à l'égal d'un vieux meuble inutile. Si nous avions disposé d'un grenier à êtres humains, c'est là que mon indifférence juvénile l'aurait remisée sans aucun remords.

Son terrible destin s'est scellé quand son frère était encore adolescent. La férule du patriarche était bien lourde, et l'existence dans la haute maison aux murs sombres ressemblait, pour la jeune fille qu'elle était alors, à une étouffante prison. Comme toute détenue condamnée à une longue peine, s'évader constituait l'essentiel de ses rêves. À cette époque, seul le mariage (et la mort, bien entendu) permettait à une femme de quitter le logis paternel et de se soustraire à l'autorité tyrannique de l'auteur de ses jours.

Un prétendant vint demander sa main. Elle se débrouilla pour l'entrevoir et le trouva à son goût. Pour arranger le tout, il ne déplut pas au père, qui donna son accord et fixa même la date des épousailles. Le bonheur de la prisonnière fut sans limite : pendant plusieurs semaines, elle ne pensa qu'à préparer son trousseau, preuve de son prochain affranchissement, chantonnant par-ci, riant par-là, affolée de joie à l'idée de son mariage.

Ma chère maman, Dieu doit être du genre jaloux, car Il supporte difficilement que ses créatures se réjouissent trop vite. Bientôt, un voisin appartenant à l'éternelle race des délateurs rapporta au patriarche que son futur gendre consommait du vin. La décision du père fut brusque et, comme d'habitude, irrévocable : il était hors de question qu'un ivrogne entrât dans une famille aussi unanimement connue pour sa piété que celle des B. Le prétendant insista, supplia, jura de s'amender. En vain.

Les portes de la prison, qui s'étaient entrouvertes, se refermèrent à grand fracas sur ma tante. D'abord, elle ne sut quoi faire de son désespoir. Puis elle rassembla son trousseau, déchira une à une ses robes brodées d'or et d'argent, brisa les bracelets, les colliers, les flacons de parfum précieux, cisailla sauvagement sa magnifique chevelure qui lui arrivait jusqu'aux reins. Elle hurla ensuite pendant des heures et, à bout de forces, ferma à tout jamais son esprit.

Ricanante asymétrie des destinées : le frère s'exila parce qu'on voulait le marier, la sœur devint folle parce qu'on ne voulait pas la marier.

Notre quartier de Constantine, avec ses trois immeubles faisant face à un champ fleuri, voilà la parcelle de l'univers où se déroula une bonne partie de la brassée de jours qui t'a été allouée... Parcelle populaire et modeste, même si elle était située à la lisière des beaux quartiers, mais, à tout prendre, plutôt agréable à vivre dans ces années soixante et soixante-dix encore insouciantes. Je ne peux me remémorer cette époque, cependant, sans que quelque chose proche du sanglot ne monte dans ma poitrine parce que je connais la suite, la manière effroyable dont les années quatre-vingt et, surtout, quatre-vingt-dix, celles de l'acmé du terrorisme islamiste, vont bouleverser la communauté humaine dans laquelle j'ai vécu jusqu'à mon premier départ à l'étranger.

Nous devînmes très proches de certains voisins, je veux dire : tu devins proche de certaines voisines, et nous de leurs enfants, à la différence de mon père, qui maintint toujours une relative distance avec les autres habitants de l'immeuble et n'invita quasiment jamais d'hommes à la maison.

Mais comment évoquer la locataire du rez-de-chaussée dont les enfants en bas âge passaient l'essentiel de leur temps avec nous sans qu'aussitôt me sautent à l'esprit les drames qui les broieront plus tard, à l'aube de leurs vies d'adultes ?

Maudite soit cette connaissance de ce qui va suivre, qui recouvre d'un tel goût d'amertume les précieux souvenirs des périodes de bonheur.

Faisons donc semblant de ne pas savoir et plongeons-nous dans ce temps où, jour après jour, nous les enfants, toi, notre père, essayions obstinément d'être heureux, chacun à sa manière, avec plus ou moins de tâtonnements, d'incompréhensions, avec plus ou moins de réussites.

Nous allions à l'école comme on part à la découverte du monde, avec un plaisir parfois gâché par notre souci constant de ne pas en rapporter de mauvaises notes. Car ton mari, sur ce plan-là, était implacable : il ne se souvenait que trop de son humiliation de jeune homme, quand on lui avait rappelé qu'il n'avait pas fait assez d'études. Sa main savait être très lourde en cas de bulletin insatisfaisant ou, pis, comportant des remarques acides sur notre conduite en classe.

Son obsession de notre éducation (seul héritage, disait-il, qu'il nous laisserait après sa mort) était telle qu'une partie de nos vacances d'été s'est longtemps déroulée selon un ordre immuable : réveil à six heures du matin, cours de mathématiques et de langues française et arabe *avant* le petit déjeuner ; puis devoirs pour le lendemain – avec une innovation technologique que nous abominâmes tout de suite, la dictée enregistrée sur magnétophone ! Nous parvînmes, ma sœur et moi, à dénicher le manuel d'où il extrayait ses fameuses dictées. Mais nos devoirs, devenus d'un seul coup trop parfaits, lui firent découvrir le pot aux roses, et nous en payâmes assez chèrement les conséquences…

Une des implications de cette préoccupation quasi mystique pour l'école fut que, si nous ne reçûmes que rarement des cadeaux à l'occasion des fêtes ou des anniversaires, jamais par contre nous ne manquâmes de livres. Bien au contraire : par peur de la pénurie, le *Pater* se procurait des années à l'avance nos manuels scolaires, si bien que ces derniers étaient souvent obsolètes le moment venu et qu'il lui fallait nous en acheter d'autres.

J'avais des camarades de quartier, évidemment, et il m'est bien souvent arrivé de les envier d'être si naturellement « chez eux », avec leurs coutumes, leurs jeux saisonniers, leurs superstitions enfantines et même leurs jurons bien grossiers, moi qui ne jurais jamais et avais dû d'abord me débarrasser d'un accent marocain encombrant. Cette sensation d'être demeurés *nolens volens* des étrangers était aggravée par la tendance de ton mari à nous isoler du reste de sa famille algérienne. Lors des rares visites que nous rendions à ses proches de Constantine, il m'était la plupart du temps impossible de déchiffrer avec précision les liens nous unissant à ces « gens ». Comme mon père, en général, ne prenait pas la peine de dissiper notre perplexité à ce sujet, cette branche paternelle de Constantine (sans parler de celle, aussi fournie, de l'oasis de

Biskra...) a, dès le début, ressemblé pour moi à une nébuleuse confuse au sein de laquelle nous n'avons jamais été vraiment intégrés.

D'ailleurs, malgré le faire-part publié dans la presse, il n'y a pas eu un seul B., qu'il fût de Constantine ou de la planète Mars, à ton enterrement. Heureusement que tu ne t'en es pas aperçue, petite maman, cela aurait probablement ajouté à ton chagrin. Ou peut-être t'en es-tu rendu compte, et, en morte bien éduquée, as-tu « marché sur ton cœur », comme on dit en algérien, et laissé se poursuivre tranquillement l'absurde cérémonial de l'adieu aux morts de la part de ceux qui le seront bientôt. Il est vrai que tu étais déjà suffisamment occupée à faire le tour du propriétaire de ta tombe et à te demander si tu étais vraiment obligée de subir cette promiscuité dégoûtante avec la boue et ses minuscules hôtes carnivores. Te connaissant, maman, tu aurais trouvé des excuses à ces parents discourtois : toi-même, ne t'es-tu pas sentie coupable de n'avoir assisté ni à l'enterrement de ton frère, ni à ceux de ton père et de ta mère ? Même si tu n'étais en rien responsable des aberrations de la géopolitique régionale et si cela t'avait fendu l'âme à l'époque, tu en aurais néanmoins conclu que tu n'étais pas la mieux placée pour reprocher à quiconque son absence à ce genre de rassemblement.

7

Toi qui n'as visité qu'un petit bout du jardin du monde, quelle dernière pensée as-tu emportée dans la morne steppe du néant ?
Un proverbe arabe dit : le monde est une rose, respire-la et passe-la à ton ami. Cette idée généreuse, par exemple, quelle saveur a-t-elle là-bas ?

Lentement (et si rapidement, en réalité), nous avons grandi, collège, lycée, puis université, pendant que, de ton côté, tu prenais de l'âge. Tu n'étais pas vieille ; non, pas encore. Seulement, je sentais bien que tu t'effarais parfois de ce temps qui te glissait inexorablement entre les doigts, et que rien ne changeait foncièrement pour toi, et que l'avenir dont tu attendais tant se métamorphosait progressivement en passé : un mari sévère, des enfants de plus en plus absents, un quotidien à peu près réduit aux murs de notre appartement, une ou deux bonnes amies à qui se confier, rarement, les jours de cafard. Ta mère venait bien te voir de temps en temps du lointain Maroc où elle vivait dorénavant, mais, son état de santé se détériorant, ses visites se raréfièrent, d'autant qu'elles se terminaient souvent mal, ton mari n'appréciant pas trop sa belle-mère et sa grande liberté de ton. Je me souviens d'avoir accompagné une fois ma grand-mère à l'aéroport de Constantine, seul lieu où elle pouvait prendre une bière sans faire scandale. Mon père ne l'a jamais su, sinon il en aurait eu une attaque d'apoplexie !

À deux ou trois reprises, un de tes demi-frères avait pris la peine d'accomplir le déplacement de Casablanca à Constantine, provoquant la même réaction de rejet de la part de mon père. À la décharge de ce dernier, il faut dire que notre roublard d'oncle venait toujours sans le sou et s'incrustait chez nous pendant plusieurs semaines. Pourtant nous l'aimions bien, ce personnage un peu combinard, un peu escroc, parce qu'il était perpétuellement de bonne humeur et te faisait sourire, malgré l'inquiétude que t'inspirait la mauvaise humeur de plus en plus ostensible de ton mari. Je me rappelle qu'un jour de dèche totale, cet hôte sans gêne n'avait pas hésité à louer un tricycle et à le remplir à ras bord de vieux livres entreposés dans notre garage. Puis il s'en était allé les vendre au souk au poids du papier. Tu avais eu très peur que ton mari ne découvre le vol, même si, après coup, le culot de cette expédition t'avait aussi fait beaucoup rire. Tu expliquais avec une mélancolique indulgence que ton demi-frère te rapportait l'odeur du Maroc, ton cher *pays du soleil couchant*.

Lui aussi est mort assez jeune, d'un diabète mal soigné. Une ou deux années auparavant, il avait eu le bras amputé, sans perdre pour autant, as-tu relevé avec une pointe d'admiration, sa faconde habituelle. N'ayant plus qu'une seule main à sa disposition, il gesticulait deux fois moins, c'est tout…

Tu as beaucoup pardonné à tes frères et sœurs issus du second mariage de ton père, même quand ils ont, à leur tour, tenté de te léser dans une affaire d'héritage, en présentant au notaire une femme qu'ils avaient fait passer pour toi. Ah, douce maman, combien de fois ai-je souhaité que tu te montres, comment dire, un peu moins compréhensive, un peu plus rancunière avec ceux qui te causaient du mal…

Mais peut-être as-tu eu raison, peut-être est-ce là la vraie sagesse, puisque tout le monde, à la fin, honnête ou pas, escroc ou pas, s'en retourne pareillement assouvir la fringale de la terre sur laquelle nous marchons si étourdiment.

À présent, même si tu t'es toujours imposé de nous offrir le visage de la gaieté, je me rends bien compte que tu as dû, une bonne partie de ta vie, souffrir de l'ennui – en souffrir comme d'une vraie douleur, une plaie vive, j'entends.

Pendant un temps, non négligeable, certes, nous avons réussi à « t'occuper », au sens que Pascal aurait donné à ce terme. Nous étions nombreux dans ce logis de fonctionnaire, et la tâche de nous apprendre à devenir des femmes ou des hommes indépendants devait être épuisante. Sans compter les tracasseries de la vie quotidienne algérienne, les pénuries des années soixante-dix, les coupures d'eau, etc. Mais ensuite, quand nous sommes partis et que tu es restée avec ce mari ronchon, acariâtre même, qui te refusait la moindre autonomie ? Puis quand ce compagnon a lui-même disparu et que la vieillesse, la vraie, a commencé à te casser les reins ?

La vie est une chose extrêmement précieuse, mais la plupart du temps nous ne savons pas quoi en faire.

Quels ont été tes vrais rêves, maman ? Je ne parle pas de tes rêves de mère, ceux, ordinaires et magnifiques à la fois, qui consistaient à vouloir pour ses enfants la paix, le bonheur, un bon travail et toutes ces choses qu'il n'est pas évident d'obtenir dans un pays comme l'Algérie. Tu as toujours été profondément douée pour ça :

t'inquiéter pour nous, tricoter de longues pelotes d'anxiété parce que ta propre enfance t'avait appris à te méfier des coups du sort. D'abord, quand nous étions plus jeunes, à propos de nos petites maladies, de nos résultats scolaires, et des réactions excessives de notre père lorsque, adolescents, nous osions nous octroyer nous-mêmes des libertés – surtout quand il s'agissait, ô malheur, de nos sœurs. Puis, plus tard, pour nos peines de cœur, pleurant même de chagrin cette fois où une histoire d'amour d'un de tes fils s'est abattue tel un bel oiseau mortellement atteint par la balle d'un chasseur. Enfin, alors que nous étions désormais des adultes, quand l'effroi te tordait encore le ventre si l'un de nous tardait à rentrer à la maison, parce que son métier ou ses convictions en faisaient bien malgré lui une cible pour le terrorisme extrême.

Soit dit en passant, quel « progrès », quel déshonneur pour une nation, quand les alarmes d'une mère pour ses enfants peuvent passer, en moins de deux décennies, de la simple appréhension d'une claque du père autoritaire à la terreur sans nom d'un égorgement.

Non, c'est de tes rêves à toi que je parle, ceux où nous ne figurions pas, de tes rêves d'amante, par exemple, d'aventurière, que sais-je encore, d'individu, en somme, condamné à un unique tour de piste avant de s'évanouir dans le néant.

Tu ne me les as pas confiés, ces rêves inestimables, tu ne les as confiés à personne. En cela, une part de toi, la plus mystérieuse assurément, me restera à jamais cachée. Je suis passé à côté de toi, je me suis contenté de ta seule et claire fonction de mère de famille, sans me poser de questions sur tes autres identités, plus complexes, peut-être moins avouables, peut-être plus folles. Qui sait, au fond, à quoi songe la fille d'une saltimbanque, à quels impossibles sauts périlleux à réaliser pour la simple beauté du geste, entre la barre de trapèze de la naissance et l'écrasement final ?

Oh ! ce n'est pas que nous ayons été sevrés, en vivant avec toi, de moments de franche rigolade ou de plénitude lumineuse ! Au contraire : sans effort, me reviennent à l'esprit des dizaines de ces instants de bonheur durant lesquels, en reprenant ces vers poignants du *Livre des Chants* des anciens Arabes, tu nous amenais à apprécier sans restriction « *l'âge merveilleux/où tout était dans l'avenir/et qu'en une file infinie/se pressaient en [nos cœurs] les Chants* »…

Ne fronce pas les sourcils, maman, je ne livrerai pas tout de nos secrets de famille… Certes, tu m'as appris la pudeur, mais je suis aussi écrivain. Un écrivain pudique, c'est quasiment un oxymoron. Et ne te soucie pas outre mesure de la sévérité occasionnelle de mes propos quand j'évoque mon père : je l'aime, je l'ai toujours aimé, même si je lui en veux beaucoup. Tiens, pour me faire pardonner, je vais te rappeler l'histoire de la donation, qui, longtemps, nous a fait rire aux éclats.

Il s'agit, bien entendu, de la donation de cette fameuse mosquée de la Souika, où reposent depuis des générations mes ancêtres de la branche paternelle et dont j'aurais dû, malgré mon radical scepticisme, et si la vie n'en avait décidé autrement, reprendre à mon tour la gestion bénévole. Je les ai encore, ces carnets d'écolier où mon père consignait scrupuleusement les petites réparations, les dons des fidèles et, parfois, quelques réflexions plus acides sur certains imams... Cette mosquée de Constantine deviendrait d'ailleurs l'un de ses grands soucis avant sa mort. Avec la politisation et la violence croissantes des prêches des jeunes imams qui y menaient dorénavant les prières, mon père, partisan d'un islam traditionnel plutôt tolérant, avait fini par se sentir trahi dans sa propre mosquée.

Un jour de grande colère, il s'était rendu directement à un bureau dépendant du ministère des Affaires religieuses et y avait signé un document par lequel il offrait l'entière propriété de l'édifice à l'État algérien. Sitôt revenu à la maison, il avait, bien évidemment, amèrement regretté ce geste blasphématoire qui mettait sous la coupe du gouvernement la mosquée de ses ancêtres et notre mémoire familiale.

Mon vieux et vénérable père, qui n'avait jamais oublié qu'il avait d'abord été un acteur de théâtre, mit alors au point avec toi un périlleux scénario pour rattraper la situation. Le lendemain, au ministère des *Habous*, tout se passa comme prévu : vêtue de ton haïk blanc, tu fis à mon père une véritable scène, devant un fonctionnaire abasourdi de voir revenir le donateur de la veille accompagné d'une épouse déchaînée.

– Ma femme ne me croit pas quand je lui affirme que j'ai fait don au gouvernement de la mosquée de la famille, se plaignit benoîtement mon père. Montrez-lui donc le document d'hier pour qu'elle comprenne que mon geste est irrévocable !

Plissant les lèvres pour bien montrer sa désapprobation devant la conduite inqualifiable de cette épouse qui osait élever la voix contre son mari en public, le fonctionnaire finit par se résoudre à sortir le document du tiroir où il l'avait soigneusement rangé (dame, ce n'était pas tous les jours que la ville recevait un bâtiment cultuel en donation !) et l'exhiba fièrement devant toi.

– Où est-ce écrit, cette maudite déclaration de donation ?

– Mais là, femme, là !

Et il avança imprudemment le papier… si près de ton nez que tu en profitas pour t'en emparer et détaler sans demander ton reste ! Devant l'employé qui s'étranglait de fureur et menaçait d'appeler la police pour te rattraper, mon père fit mine d'être aussi contrarié que lui, hurlant que, là, tu avais dépassé les bornes, que tu allais voir ce que tu allais voir, que le divorce n'était pas loin et que le fonctionnaire n'avait pas à s'inquiéter car le document lui serait de nouveau remis en mains propres dans une dizaine de minutes...

Hilare, mon père nous racontait que tu t'étais prise au jeu et que tu avais continué à jouer avec passion la scène de la dispute alors que vous étiez déjà bien loin du regard du fonctionnaire berné. « Les gens se retournaient sur nous. Elle en a profité, elle m'a passé un véritable savon ce jour-là », grommelait-il, mi-amusé, mi-contrarié de cette manifestation imprévue d'indépendance.

Il y a déjà quelques mois que je t'ai portée en terre. À ma grande surprise, ma peine est aussi intense qu'au premier jour. Je suis donc « anormal », à en croire des psychologues réunis lors d'un récent congrès mondial sur la mort, selon lesquels le travail de deuil ne doit pas dépasser trois mois. Au-delà, selon ces doctes sots, le chagrin non résorbé relèverait de la pathologie...

Pourtant, au moment où je termine de taper cette page sur mon clavier, mon cœur déborde également d'un autre sentiment, celui de gratitude : même de l'« autre côté », douce maman-Mata Hari, tu parviens encore à me faire rire...

Et puis ce ne sont plus les *Chants*, mais les années qui se sont succédé, à une cadence de plus en plus rapide. Nous étions pratiquement tous à l'étranger à terminer des études supérieures, qui en France, qui en Union soviétique, qui en Yougoslavie. Un de mes frères m'a fait remarquer un jour avec acidité que deux des pays qui avaient délivré des diplômes à des membres de notre famille avaient disparu peu de temps après...

Ces années de ta vie dont chacune « mange » goulûment celle qu'elle remplace, comment les distinguer les unes des autres, les sauver du concassage du temps ? En n'oubliant pas non plus que, d'un autre côté, c'est leur ressemblance, leur essence commune, qui seule importe à la fin ?

Je n'ai pas de réponse, comme tu t'en doutes, maman. La mémoire est ainsi faite qu'elle recourt à des béquilles : les « anecdotes » jalonnant le parcours d'une vie. Or les béquilles en soi ne sont pas importantes, c'est ce qu'elles aident à soutenir qui l'est.

Tu n'es pas, tu ne te résumes pas, maman, à une suite d'anecdotes. Quand j'ai entrepris l'écriture de ce livre, je souhaitais rapporter l'épopée ordinaire de ta vie : tu es Ulysse au féminin, petite maman, à la recherche d'une Ithaque qui t'aurait guérie de ton enfance – cet endroit magique que ma grand-mère, elle, n'a pas réussi à trouver. Je me rends compte à présent que le risque de réduire ta présence sur terre à une enfilade de péripéties, aussi pittoresques que sans réelle nécessité, est presque inévitable.

Pourtant tu n'es pas que cela, tu es surtout le flux ontologique tendu entre deux épisodes « racontables ». Je crains que ce flux ne demeure indicible au sens propre du mot. Tu es toi quand il se passe quelque chose, à tes yeux ou aux yeux des autres ; tu es encore toi quand il ne se passe rien, c'est-à-dire la plupart du temps.

On ne résume pas le mystère du flot d'une rivière par une poignée dérisoire de galets extirpés de son lit.

Et cependant, de ces anecdotes en forme de galets, j'en choisirai encore une ou deux. Pour gagner du temps, d'abord. Ensuite, parce que je n'ai pas trouvé d'autres moyens pour contourner ton silence, désormais lesté de toute la boue de notre planète. Enfin, parce que je triche, et que je le sais : retracer la vie d'un être humain, surtout quand on l'aime, se solde inévitablement par un échec.

La première, c'est celle, tragi-comique, de la tentative de « déportation » des habitants du quartier.

Tu te trouvais encore à Constantine, auprès d'un mari meurtri qu'une cabale avait obligé à quitter un poste de directeur d'une administration culturelle du département. Un préfet de région avait décidé de le pousser vers la sortie pour le remplacer par un de ses proches. Le moyen de pression pour l'obliger à partir en retraite anticipée avait été brutal, puisque mon père avait été arrêté et menacé de prison en cas d'insoumission.

En ce temps-là, en Algérie, les souhaits d'un *wali* (préfet) ne différaient guère de ceux d'un proconsul romain et ne se discutaient pas. Plus encore quand à la puissance dévolue par la fonction s'ajoutait celle, encore plus considérable, d'un lien de sang avec une quelconque huile du premier cercle du pouvoir.

Je devais être encore en Ukraine quand le préfet en poste fut remplacé par un frère du président. Le nouveau maître du Constantinois découvrit que, des balcons de nos appartements, il était possible d'entrevoir une portion des jardins de sa résidence. Son sang ne fit qu'un tour à l'idée que les yeux de vulgaires quidams pussent se poser, même de loin, sur les allées de sa demeure et, horreur, l'y surprendre effectuant sa quotidienne et très privée promenade digestive.

Il ordonna d'abord de murer les préaux des deux immeubles, ce qui était en soi un véritable sacrilège car le panorama donnant sur les vingt-sept arches d'un des plus beaux ponts de notre Tolède maghrébine y était d'une rare beauté. Outrés, les habitants s'acharnèrent à détruire chaque nuit les murs de brique que les ouvriers municipaux édifiaient le jour. Malgré la présence policière, ce « jeu » dura un certain temps, ridiculisant au passage le roitelet. Puis tomba l'incroyable nouvelle : sur ordre des autorités, tous les appartements des deux barres devaient être transformés en bureaux, et les locataires, expropriés, relogés dans de laides cages à poules situées à plus de trente kilomètres de Constantine !

Passé le premier moment d'incrédulité – seul un fou oserait s'en prendre au bien le plus difficile à acquérir pour un Algérien : son logement ! –, la stupeur se changea bientôt en une gigantesque colère, tant et si bien que des rumeurs d'émeutes se répandirent dans les rues d'une ville déjà au bord de l'explosion sociale à cause des pénuries et du chômage. Après quelques arrestations, prenant tout à coup la mesure de la menace, les services de sécurité de l'armée avertirent le chef de l'État que les caprices de son frère dépassaient décidément les limites et mettaient en danger la stabilité du pouvoir dans cette partie importante du pays. Bon gré mal gré, le président rappela son cadet à l'ordre, enterrant du même coup les projets de déménagement massif.

D'après ton propre récit, une atmosphère étrange avait régné dans le quartier durant cette histoire : bonne humeur, solidarité inquiète, dignité dans la colère, gens fâchés qui se réconciliaient pour se battre ensemble contre l'État. Ton mari, par ailleurs si abattu par ses démêlés avec l'administration, en avait paru ragaillardi. Toi qui craignais la perspective d'une solitude encore plus grande dans un nouveau lieu perdu au milieu de nulle part, tu avais été contaminée par l'excitation générale, et tu t'étais sentie prête à aller manifester avec tes voisines contre l'imbécile Néron au petit pied. Aurais-tu enlevé ton haïk pour mieux courir et échapper à des policiers qui n'auraient sans doute pas hésité à employer des armes à feu ? Ils le démontreront en tout cas plus tard, dans la capitale du pays. C'était, comme par hasard, sous le même président combinard…

Ah, maman, comme tu me manques !

Ici, je me sens incapable de continuer à dérouler la litanie des événements qui ont piqueté plus ou moins cruellement ta vie. Pour éviter de parler du grand malheur qui va bientôt t'assaillir (et nous assaillir), au début des années quatre-vingt, et dont mon père va être le personnage tragique, ma mémoire ébauche un brusque retour en arrière, un peu comme un cheval peureux se cabrant devant un obstacle trop important.

Parce qu'on ne supporte plus la souffrance apparemment sans fin d'un immense tourment, on se réfugie parfois dans les bras d'un mal plus modeste. Cette ruse maladroite, ce *petit* chagrin, concerne ici un animal.

Tu étais encore dans la force de l'âge et moi étudiant de première année. Un chaton âgé tout au plus de deux ou trois semaines s'était retrouvé devant notre porte. Malgré tes réticences de mère submergée, tu avais accepté, devant nos prières, de recueillir la créature affamée. Celle-ci était devenue rapidement un membre à part entière de la famille. Même notre terrible père s'en était entiché. Nous l'avions surnommé Mao. Mao par-ci, Mao par-là, notre boule tigrée était probablement le chat de gouttière le plus gâté de cette partie de l'Algérie. Un jour, il s'enfuit de l'appartement et ne revint que le surlendemain, en piètre état, une des pattes avant presque sectionnée. Tu tentas de le soigner à l'aide du mercurochrome et des pansements de la boîte à pharmacie, mais aucun d'entre nous ne pensa à consulter un vétérinaire. Peut-être parce que, dans le milieu modeste qui était le nôtre, une telle démarche eût ressemblé à un caprice de riches… Mao miaula de douleur toute une journée, puis une bonne partie de la nuit suivante. À la fin, exaspérés par ses gémissements lancinants qui nous empêchaient de dormir, nous le transportâmes à la cave. Nous ne nous sentions pas très fiers de notre lâcheté, et, le matin venu, nous nous précipitâmes à la cave, qui avec du lait, qui avec du pain. J'apportai quant à moi une soucoupe d'eau, parce qu'il faisait très chaud et que notre Mao adorait l'eau, ne rechignant pas à prendre une douche avec nous dans la salle de bains…

Jamais nous ne le retrouvâmes. Et l'eau de la soucoupe me resta bêtement entre les mains, au lieu de désaltérer un pauvre petit chat à l'agonie.

Dois-je te l'avouer, maman, encore aujourd'hui je goûte la saveur douce-amère de ce chagrin de ma jeunesse parce qu'il est le témoin d'un temps où nous éprouvions de la peine à l'unisson, toi, papa, mes frères et sœurs et moi, mais sans le poison de l'irréparable, sans le naufrage du deuil.

Ne m'en veux pas trop pour mon égoïsme d'espèce, Mao, c'est parce que tu n'es pas un barbare *Homo sapiens*, mais un simple petit félin probablement incapable de concevoir l'horreur absolue de la mort, que tu m'as permis de différer un instant ce que je n'aurais jamais voulu avoir à raconter.

8

– Quelqu'un m'a dit ce matin, pour me remercier d'un service que je venais de lui rendre : Bénie soit celle qui t'a enfanté !

– Et qu'as-tu répondu ?

– J'ai essayé de lui répondre, j'ai ouvert la bouche, mais j'ai senti un picotement dans les narines, puis les yeux. Alors je me suis tu.

– Tu as eu peur de pleurer ? Tu es bête. C'est parce que je suis morte ? La belle affaire ! Il faut bien que la rivière arrive à la mer.

– Tu le penses sérieusement ?

– Peut-être te mêles-tu là de ce qui n'est plus ton affaire, mon fils...

Rien ne serait arrivé si mon père n'avait eu brusquement envie de repeindre la cuisine. Pourtant, elle était impeccable, cette cuisine, mais ton mari devenu si casanier a estimé que manipuler des pinceaux, des brosses et une échelle lui permettrait de se dégourdir un peu sans avoir besoin de sortir de la maison. En passant, il se distrairait aussi de ce manuscrit qui n'en finissait pas.

Depuis une quinzaine d'années, il travaillait avec une passion intermittente à un livre de sociologie politique où il se proposait d'examiner les raisons du sous-développement désespérant dans lequel s'embourbait son amour de toujours, l'Algérie. À l'occasion, quand je revenais d'Ukraine pour les vacances, il m'en entretenait avec chaleur, m'en lisant même des passages et me priant, ou plutôt exigeant de moi des critiques ou des remarques « objectives » qu'en général, comme tout auteur qui se respecte, il recevait médiocrement, au point que nos discussions se clôturaient souvent sur un ton aigre-doux. Je me souviens d'un livre de philosophie qu'il avait envoyé valdinguer par la fenêtre parce que je l'avais exhibé en soutien à l'un de mes arguments. Pris de colère, j'avais aussitôt quitté la maison pour n'y revenir que plusieurs mois après...

La peinture a été terminée en trois jours, et c'est en ce troisième jour que le malheur a surgi. Comme presque toujours, le point de départ en a été un événement insignifiant : vers midi, le visage et les mains tachetés de peinture beige, mon père t'a appelée pour que tu admires la qualité de son travail ; tu l'as complimenté, heureuse de sa bonne humeur

– devenue plutôt rare depuis son injuste mise à l'écart.

Il avait faim, t'a-t-il dit, et voulait, avant de passer à table, se débarrasser de la corvée de nettoyage des outils. Il t'a tendu une bouteille d'alcool dénaturé.

Vous vous teniez penchés sur l'évier, chacun absorbé par sa tâche, lui à frotter le rouleau et les pinceaux, toi à répandre lentement le liquide dissolvant sur les fibres souillées de peinture.

Mais il faisait très chaud ce jour-là à Constantine, quarante ou quarante et un degrés probablement. Le repas (délicieux, je le devine) mijotait depuis une bonne heure dans la marmite, élevant encore la température à l'intérieur de la cuisine, et vous n'étiez tous les deux qu'à, disons, une trentaine de centimètres du premier feu de la cuisinière à gaz.

Quand la vapeur d'alcool s'est enflammée, la bouteille de plastique a naturellement glissé de ta main et s'est métamorphosée en une sorte de cocktail Molotov, embrasant instantanément les murs enduits de peinture bien grasse. Bien sûr, devant la violence du brasier, vous avez tous les deux reculé, chacun de son côté. Le hasard a voulu que, dans cette étroite cuisine beaucoup plus longue que large, mon père ait été repoussé vers la fenêtre alors que toi, comme tu étais entrée dans la pièce après lui, tu t'es retrouvée du côté de la porte. Lui a été piégé par les flammes et la fumée ; toi, tu as pu fuir par la porte.

Sinon, un peu comme au jeu du bonneteau, vos destins auraient été intervertis : tu serais morte avant d'avoir atteint tes cinquante ans, alors que papa aurait gagné une trentaine d'années de plus. (Je refuse de commenter le murmure de soulagement poussé par une petite voix enfouie profondément en moi : *Heureusement que ce n'est pas toi, maman, qui as été choisie alors par le filou du bonneteau…*)

Tu as hurlé d'épouvante, mon plus jeune frère a surgi. La cuisine et, bientôt, tout l'appartement ont été envahis par une épaisse vapeur d'hydrocarbures, aveuglante et asphyxiante. Pendant plusieurs minutes, rien n'a été possible : la peinture flambait, ravageant les murs, produisant toujours plus de fumerolles toxiques. Mon père ne pouvait pas se décider à sauter par la fenêtre : de ce côté de l'immeuble, le sol se situait à une bonne soixantaine de mètres plus bas et il se serait tué à coup sûr. Il a préféré se réfugier dans une encoignure, à côté du vide-ordures mural. Quand mon frère l'en a extrait, il était brûlé au troisième degré sur une large partie du corps, mais encore conscient. Toussant et crachant, il a trouvé la force de demander si tu n'avais pas été blessée.

Mon petit papa rien qu'humain, dont une partie de la chair avait frit, et dont une autre, celle de ses poumons, s'était remplie d'un air converti en mélasse brûlante. Mon frêle papa plus que douleur, qui a senti le souffle de l'anéantissement, qui ne voulait pas mourir, et s'est transformé en une torche de peur.

Débordant d'humour macabre, la malchance a alors décidé de continuer à se moquer de ton malheureux mari jusqu'à l'ultime moment. L'ambulance qui l'emmena à l'hôpital se paya le luxe d'un grave accident en chemin ; le chauffeur de la voiture qu'elle avait heurtée fut allongé à son tour, en sang, à côté de la civière de mon père.

Aux urgences, le médecin de garde qui examina mon père sans précautions particulières, une cigarette allumée à la bouche, se fendit d'une réplique d'une rare élégance quand mon frère protesta devant le risque d'infection : *Si ça ne te plaît pas, remporte ton vieux chez toi !*

Le traitement lui-même se réduisit en fin de compte à... une absence de traitement, due à de sombres chamailleries professionnelles opposant les équipes successives censées prendre le patient en charge, chacune rejetant la responsabilité des décisions médicales sur la précédente...

Le tout a fini par ressembler à une accumulation de gags quasi burlesques. J'en aurais bien ri, crois-moi, maman, si leurs conséquences n'avaient été aussi tragiques. Le surlendemain (le brûlé délirant ne reconnaissait déjà plus personne), un ami infirmier vint discrètement nous prévenir que ces foutus médecins étaient en train de le laisser mourir dans son lit.

Décidé dans l'affolement, le transfert vers un établissement de la région d'Alger, pourtant réputé spécialisé dans le traitement des grands brûlés, ne changea rien. Abandonné dans un couloir, mon pauvre père avec qui je n'avais pas eu le temps de régler mes comptes d'amour et de rancune mourut finalement de soif parce que le personnel médical avait tout bonnement *oublié* de renouveler ses perfusions…

C'est vrai que la canicule battait son plein ce mois-là, et que, pour le malheur de l'auteur de mes jours, le désert, le vrai désert, non de sable et de rocs, mais l'autre, celui des sentiments, qui te fait crever de déshydratation à moins d'un mètre d'un robinet, a démontré une fois de plus qu'il existait vraiment.

Mon doux papa, toi qui désirais tellement vivre longuement et sainement… Tu t'étais transformé en un obsédé de la diététique au point de nous avoir soumis à tous les régimes possibles, depuis la fameuse soupe de légumes le matin jusqu'à la prohibition totale des frites ! Nous en étions arrivés à ne manger (en cachette !) de ces maudites frites que lorsque tu partais quelque part en mission…

Tu craignais que les graisses ne bouchent tes artères, elles se sont vengées en grillant ton corps tout entier. Au bout du compte, ta diététique ne t'a pas été d'un grand secours.

À présent, j'accepterais volontiers de remplacer tous les repas qui me restent à avaler par ton affreuse soupe matinale, si cela te permettait de ressusciter ne serait-ce qu'une heure, et de m'accorder enfin cette conversation dont tu m'as privé de ton vivant. Une ultime conversation, orageuse (comment pourrait-il en être autrement avec nos deux caractères ?) et réconciliatrice entre un père et son fils. Ou, plus précisément, parce que le temps qui nous vieillit tous a accompli son office sur moi aussi : entre le père, bon et mauvais, que tu as été pour nous, et le père, bon et mauvais, que je suis peut-être devenu à mon tour pour mes propres (et si chers) enfants. Ou mieux encore, puisque chaque être humain, même le plus blasé, se définit au plus secret de lui-même d'abord comme un banni du seul royaume qui importe, celui de l'enfance : *entre les deux fils que nous n'avons jamais désappris à être et qui n'ont pas eu le cran, quand il était encore temps, d'exiger de leurs géniteurs respectifs de les écouter davantage.*

Ton chagrin a été immense, mère chérie. J'en ai été témoin. Une image étrange s'est imposée à moi devant ton visage lorsqu'on ramena le cercueil plombé de mon père, frappé des étiquettes d'Air Algérie : une rizière de larmes.

Jusque-là, je n'avais encore jamais vu de rizières autrement qu'à la télévision ou au cinéma, et jamais je ne me serais douté qu'elles s'associeraient un jour pour moi à l'idée de peine considérable, tellurique, presque géologique. Mais là, je les avais devant moi, ces larmes qui inondaient *les rizières* de tes joues. On aurait dit que tes mains colmataient des éboulements de terre sur les champs de ta face, mais que peuvent donc colmater des mains d'épouse quand l'époux est mort ?

Alors, maman, tu aimais à ce point ton mari ?

Comme tu le sais, je n'ai pas été témoin de l'accident. Je me trouvais à l'étranger et ne fus informé de l'état alarmant de mon père qu'après son transfert dans la région d'Alger. Le temps de trouver une place dans un avion, il était trop tard. De l'aéroport, je me suis précipité avec ma sœur aînée à la morgue de l'hôpital, juste avant que papa ne soit déposé dans la boîte scellée qui devait le ramener à Constantine. J'avais vingt-six ans ; devant moi était allongé dans un tiroir le premier mort de ma famille, et c'était mon père. J'ai eu une réaction stupide : j'ai écarté le coin du drap blanc qui recouvrait la tête pendant seulement une poignée de secondes, à peine le temps pour mes yeux d'entrevoir les traits affaissés et la vague grimace de mécontentement altérant le visage de *mon* mort.

Combien je m'en suis voulu après de mon pusillanime comportement : il avait souffert (*littéralement*) les flammes de l'enfer, et je me révélais incapable de supporter le spectacle de son corps inerte et de l'embrasser sur le front en guise de dernier hommage ! Comme si de voir ou de toucher cet objet incroyable – un cadavre ! – vous attirait subrepticement dans son monde…

Longtemps, je referai dans mon sommeil cette visite ratée à ce père étendu dans son tiroir. Mais là, grâce aux artifices du rêve, je prendrai tout mon temps, je me rattraperai en bon fils respectueux et aimant en le couvrant de baisers, je lui demanderai de m'excuser pour mon attitude de couard, mais j'en profiterai aussi pour lui reprocher vertement d'être parti aussi vite, alors que nous avions encore tellement de points de discorde non soldés en réserve.

Ah, maman, que de questions j'aurais voulu poser à mon père : pourquoi a-t-il parfois été si dur avec nous tous, toi comprise ? Si distant, si enfermé dans sa conception d'une autorité paternelle sans limite, celle-là même qui avait causé tant de malheur à sa famille, une génération auparavant, à commencer par sa sœur et lui-même ? Pourquoi nous avoir traités le plus souvent comme des *sujets*, et non pas comme les seuls *vrais* amis qu'il aurait pu avoir le bonheur de posséder ?

Nous mourrons tous, papa, et si rapidement. Tu en sais quelque chose à présent, soit dit sans impertinence de ma part. Alors à quoi ton autisme brutal t'a-t-il servi en fin de compte ?

Certes, tu nous as aimés ; de cela je suis persuadé.

Mais si mal qu'il m'est arrivé plus souvent qu'à mon tour de – il n'y a pas d'autre mot – *te haïr*. Parce que nous t'aimions, papa !

Une interprétation de la mécanique quantique me ravit le cœur. Elle suppose que, face à une situation prévoyant plusieurs issues, l'univers *ne choisit pas* ; au contraire, il se *démultiplie*, de telle façon que chaque issue, aussi improbable soit-elle, se réalise forcément dans un nouvel embranchement de cet univers – des univers, devrait-on dire. *Toutes* les options d'une situation donnée ont ainsi leur chance, assurées qu'elles sont de figurer dans au moins un exemplaire de ce bourgeonnement perpétuel de mondes.

Cette théorie des univers foisonnants, reposant sur des arguments mathématiques sophistiqués et que certains physiciens réputés tiennent pour vraisemblable, enchante la toute petite part d'enfance qui me reste après votre mort à tous les deux. Elle m'autorise à remonter le temps et, à chaque bifurcation, à me dire : là, papa, si tu as brûlé dans le monde dans lequel je vis, existe également une version parallèle, une autre Terre sur laquelle tu as décidé de ne pas laver ces maudits pinceaux avant de déjeuner ; dans une troisième, tu n'as même pas eu envie de repeindre la cuisine et tu es sorti te dégourdir les jambes au cours d'une longue promenade dans les rues de cette ville que tu chérissais. Mieux encore, chaque fois que, dans le passé, tu t'es emporté contre nous dans ce monde-ci, des tas d'autres mondes se sont empressés de se créer, où tu as réussi à calmer tes bouffées de colère et à nous montrer ton meilleur côté.

Évidemment, dans cette multiplication vertigineuse d'univers concurrentiels, s'en glisse un, merveilleux, qui permet non seulement qu'à l'heure où j'écris ces lignes mon père ne soit pas enfoui à plus d'un mètre sous terre dans un cimetière mal tenu d'une ville de l'Est algérien, mais également que toi, maman, ma très douce maman, tu n'ais pas succombé à ton fichu cancer, ou, au moins, qu'il ait été dépisté à temps par des médecins dont la conscience professionnelle aurait été subitement ébranlée par l'éventualité d'une souffrance incommensurable infligée à l'une de leurs patientes.

Cerise sur le gâteau, dans cette variante du monde que mon moi présent n'expérimentera jamais (mais je fais quand même le pari pascalien que cette variante existe *réellement* et ne se réduit pas à un simple tour de passe-passe d'équations extravagantes), mon père aurait finalement réussi à publier le fameux manuscrit sur lequel il avait si longuement peiné.

Impossible, invraisemblable ? Peut-être, mais l'est-ce *vraiment* davantage que cet endroit bizarre que certains nomment paradis ?

Je me suis toujours demandé, maman, quelles étaient la nature et la profondeur de tes sentiments envers mon père, avant et après sa mort. Il t'avait mené la vie dure, isolée de tes proches, empêchée de retourner, ne serait-ce qu'une fois, dans le pays de ton enfance. Je suis sûr que, de son vivant, le ressentiment et la colère (évidemment dissimulée) que tu as pu éprouver contre lui ont dû plus souvent qu'à leur tour prendre le pas, chez toi, sur toute forme de tendresse.

C'était l'unique homme de ta vie, il aurait dû être ton paradis, il lui est arrivé d'être – et de préférer être – ton enfer.

Mais après sa mort, maman ? Après que le temps a accompli son œuvre, à la fois destructrice et apaisante ? Qu'est-ce que ton cœur a finalement retenu de ces trente longues années partagées avec cet inconnu qui avait, un jour, dans un autre pays, levé les yeux vers ta fenêtre et était devenu, pour le meilleur et pour le pire, ton mari et mon père ?

Tu ne m'aurais jamais répondu si je t'avais posé abruptement la question. Tu m'aurais fait comprendre qu'un fils n'impose pas à sa mère ce genre d'interrogatoire.

Mais je connais maintenant ta réponse, et de manière presque miraculeuse. Tu étais déjà morte, toi aussi, quand ma nièce m'a relaté la suite de cette fameuse soirée de confidences à Casablanca. C'était probablement la première fois depuis très longtemps que tu remuais en toi tous ces souvenirs et les sentiments intenses qui s'y rattachaient. Ma nièce s'était rendu compte que ton propre récit te bouleversait fortement. Vous vous êtes endormies très tard, ce soir-là.

Au milieu de la nuit, ma nièce a été réveillée par des murmures : dans le lit que vous partagiez dans le petit logis de mon frère, tu parlais dans ton sommeil.

Intriguée, ta petite-fille a tendu l'oreille. Quand elle a compris ce que tu chuchotais, elle en a eu la gorge serrée d'émotion et n'a pas osé te le rapporter le lendemain matin.

Tu disais simplement : *O., je t'aime, O., je t'aime.*

O., c'était bien sûr le prénom de mon père. Cinquante-cinq ans après votre mariage, vingt ans après sa mort, malgré toutes les avanies et les souffrances de la dure affaire de vivre ensemble, cette nuit, à Casablanca, tu répétais malgré tout à mon père la déclaration des jeunes amants.

Ce jour-là, grâce à tes mots magiques, j'ai pardonné définitivement à mon père. Pour ne rien te cacher, en moi est même née une bouffée d'envie devant la chance qui était la sienne : j'ai souhaité, du plus profond de mon âme, qu'une femme, un jour, longtemps après ma mort, veuille bien passer outre la mesquinerie et la stupidité qui auront pu être les miennes et murmurer à mon intention, dans la sincérité absolue du sommeil, ces paroles qui absolvent : *je t'aime, je t'aime*.

9

– Tu ne pouvais pas choisir de mourir dans une autre vie que la mienne ? Tu as tout gâché, maman, et je t'en veux.

– Figure-toi, mon fils, que moi aussi j'aurais préféré mourir dans une autre vie que la mienne. J'avais encore tellement de choses à faire...

Qu'es-tu devenue après la disparition brutale de ton compagnon, partagée que tu étais entre la peine d'avoir perdu l'homme de ta vie et le soulagement d'être libérée de son contrôle oppressant ?

Les années quatre-vingt ont été des années étranges pour nous tous. J'étais parti d'Ukraine juste à temps, semble-t-il, pour éviter la catastrophe de Tchernobyl et rater le début de la pérestroïka. Le mur de Berlin n'était pas encore tombé, la Pologne se révoltait pacifiquement tandis qu'au Moyen-Orient les guerres entre

Israéliens et Arabes comme entre Arabes et Arabes reprenaient de plus belle. L'Algérie autocratique poursuivait aveuglément son chemin vers le point de rupture, sans qu'à aucun moment nous nous fussions doutés de la gravité de ce qui se préparait.

Je rentrai au pays après plusieurs allers-retours en France, meurtri par une douloureuse séparation – celle-là même pour laquelle tu avais pleuré. Ma compagne et moi nous étions quittés malgré notre attachement mutuel parce qu'elle n'était pas parvenue à accepter l'idée de faire sa vie en Algérie. Elle y était venue une fois et avait senti, très fortement bien que très instinctivement, qu'elle n'y trouverait jamais sa place. De mon côté, vivre ailleurs qu'en Algérie m'apparaissait à l'époque comme une trahison envers mes convictions de jeunesse.

J'ai changé d'opinion par la suite. *Bien obligé, fiston !* relèverais-tu sans doute avec ton indulgente ironie. Je ne l'ignore plus à présent : le temps ne se presse jamais pour nous infliger les gifles que nous méritons.

J'aurais dû mieux comprendre les craintes de ma compagne d'alors : ma grand-mère trapéziste, ta mère, n'avait-elle pas eu tant de mal à se faire accepter au Maroc ?

Je suis resté près de toi deux ans durant avant de retourner travailler dans une université algéroise. Bon gré mal gré, mes sœurs et mes frères se sont éparpillés eux aussi, qui à l'étranger, qui dans d'autres coins du pays. Toi l'exilée, tu t'es retrouvée presque toute seule à Constantine, avec ma tante (*la folle par amour*) et mon frère « adoptif », encore adolescent, ce voisin, orphelin de père, qui avait passé tellement de temps chez nous depuis sa prime enfance que nous avions fini par le considérer comme un membre à part entière de notre famille. Il poserait par la suite nombre de problèmes, mais, lui ayant accordé une fois pour toutes le statut de fils dans ton cœur, tu estimerais qu'un enfant ne déchoit jamais de ce rang même en commettant les pires bêtises du monde. Jusqu'à la fin de ta vie, alors qu'il était devenu adulte, tu l'as protégé bec et ongles. Bien que beaucoup moins démonstratif, mon père lui-même n'hésiterait pas, en son temps – et à notre grand étonnement –, à consacrer de longues heures à se débattre contre les subtilités des mathématiques dites modernes afin de mieux les expliquer au petit voisin.

Plus tard, je pourrais confirmer grâce à ce gamin la pertinence d'une expression locale affirmant avec quelque sagesse qu'il est inutile d'espérer remplir une cruche avec un tamis. Je découvrirais en effet auprès de ce gosse, que j'aimais et que j'aime toujours, l'impuissance de la colère devant la vigueur presque métaphysique du mensonge gratuit, le mensonge en soi, compulsif, sans bénéfice espéré.

Installé à Alger, je parcourais à maintes reprises les quatre cents kilomètres entre la capitale et Constantine pour aider le collégien à préparer ses compositions trimestrielles. Et, régulièrement, je me laissais berner par son incroyable accent de sincérité, gaspillant des week-ends entiers à lui faire réviser ses leçons, pour m'apercevoir de retour à Alger, après un de tes coups de téléphone affolés, que ce labeur avait été vain car, contrairement aux affirmations de l'enfant, les compositions en question avaient déjà eu lieu – avec des résultats bien entendu calamiteux. Pour mon frère menteur qui quittera très vite l'école, ce qu'en dignes rejetons d'un instituteur à l'ancienne nous vivrons comme un échec profond, la beauté du geste devait probablement consister à faire preuve de bonne volonté, c'est-à-dire à accepter de beaucoup travailler, mais *pour rien*.

De l'art pour l'art, en somme…

Cela se passait – t'en souviens-tu ? – durant *l'année des tremblements de terre,* selon la terminologie de la chronique locale, au cours de laquelle Constantine connut effectivement plusieurs séismes, provoquant, outre quelques dégâts plus ou moins importants, la panique et les regains habituels de bêtise mystique, attisés en particulier par le prédicateur le plus célèbre d'Algérie, un Égyptien rondelet payé à l'égal d'une star du football par le gouvernement algérien. À chacun de ses passages à la télévision d'État, cet illuminé n'hésitait pas à claironner que les soubresauts du sol étaient des avertissements que Dieu adressait à des croyants ne respectant plus suffisamment leur religion, et que la fois suivante serait bien pis si le peuple ne se repentait pas de son arrogance et de ses erreurs. Juste après l'une de ces secousses, plus inquiétante que les précédentes selon un flash de la radio que je venais d'entendre, je t'avais jointe au téléphone. Encore sous le coup de l'émotion, tu as pourtant entrepris de me rassurer : le petit et toi étiez sains et saufs, vous aviez eu le temps de sortir de l'immeuble et les dégâts à l'intérieur de notre appartement étaient mineurs, à l'exception d'une zébrure dans le salon. Vous aviez même ri ensuite du fils du voisin, un gaillard d'une vingtaine d'années, surpris dans la douche et qui s'était précipité dans la rue nu comme un ver.

Mais au moment où je m'apprêtais à prendre congé de toi, tu as balbutié, la voix brusquement rauque : *Ça recommence, ça recommence, mon fils, c'est plus fort que tout à l'heure, les murs bougent !* Tu as lâché le combiné, je t'ai entendue hurler le nom de mon frère, puis la communication s'est rompue.

J'ai appris plus tard que tu avais bondi sur le petit pour le couvrir de ton corps parce que tu t'attendais à ce que le plafond s'écroule sur vous deux. Je te téléphonais alors de la poste centrale d'Alger. Je suis resté de longues minutes immobile dans la cabine, presque incapable de respirer, avec quelque chose au fond de la gorge qui n'arrivait pas à sortir, à la fois aboiement sec et sanglot.

À Alger, j'oubliais ma mauvaise conscience envers toi en m'étourdissant de littérature, de journalisme et de rencontres féminines. Je n'ai jamais caché que j'ai écrit pour la première fois de ma vie – je veux dire : ce que je supposais être de la littérature (bonne ou mauvaise, cela est une autre histoire) – pour tenter de séduire une jolie fille rencontrée en Ukraine. Certes, j'admets volontiers que l'envie de ressentir encore et encore cette étrange ivresse d'imiter le Dieu démiurge en se servant simplement de mots soit devenue au fil du temps un motif suffisant en soi. Il n'en reste pas moins qu'un des ressorts essentiels qui encore aujourd'hui me poussent à écrire reste vraisemblablement le lien établi dans mon subconscient entre l'écriture et la parade amoureuse.

Mon premier livre fut publié au Québec de la manière suivante : dans une librairie, en Algérie, je fis tourner un présentoir à la manière d'une roulette russe en me promettant d'envoyer mon manuscrit au premier éditeur sur lequel mon doigt tomberait. Le hasard décida en faveur (ou en défaveur, allez savoir ?) d'une petite maison canadienne de Sherbrooke. C'est donc d'elle que je touchai, une année plus tard, mes premiers droits d'auteur, sous forme d'un chèque de cinq dollars canadiens que je n'ai jamais encaissé et que je conserve comme un talisman.

Avant les grandes émeutes de la fin des années quatre-vingt, je publierai ensuite, coup sur coup, trois livres en Algérie chez le même éditeur gouvernemental. Parmi eux, un roman à la tonalité grinçante sur les tribulations d'un étudiant en URSS sera interdit quelques jours seulement après sa mise en librairie, à la suite d'une plainte de l'ambassade soviétique. La farce n'étant, en Algérie comme ailleurs, jamais très loin du sordide, mon *propre* éditeur regrettera amèrement son audace. Il tentera de se dédouaner par un fervent communiqué patriotique publié dans la presse, où il m'accusait en termes grandiloquents d'avoir commis un ouvrage portant gravement atteinte aux « intérêts diplomatiques suprêmes de l'Algérie », ajoutant qu'il soutenait sans réserve la juste décision de retrait prise en haut lieu. Rien que ça !

Toi et moi avons plaisanté de sa veulerie, mais non sans une pointe d'inquiétude, car les services de sécurité algériens, militaires comme policiers, n'avaient pas la réputation de posséder un grand sens de l'humour. Tu lisais tout ce que j'écrivais : chroniques, articles de journaux, livres… Mais tu me confiais rarement tes impressions intimes, même si, un jour, j'ai eu droit par surprise à un reproche lapidaire concernant un personnage féminin de *L'Amour loup*, un roman sur le Moyen-Orient en guerre qui se terminait évidemment mal :

– Tu n'as pas été correct avec elle !

– Avec qui, maman ?

– Avec ton amie, voyons, cette malheureuse L. que tu fais mourir à Beyrouth à la fin !

J'ai eu du mal à te répondre, car je sentais bien que ton commentaire, proféré d'une voix grave, s'adressait autant à l'auteur qu'au personnage masculin dont j'avais fait mon narrateur. Même si je m'étais défendu en arguant, platement et classiquement, de la différence entre le point de vue de l'auteur et celui de ses personnages, je me souviens d'avoir été embarrassé au point d'en rougir, peut-être parce que ton flair de mère t'avait permis de dénicher l'aiguille de la réalité dissimulée dans la botte de foin de la fiction.

Par contre, j'ignore encore à présent (et donc pour toujours) ce que tu pensais réellement du livre où je m'inspire de la vie de ta mère, *Les Amants désunis*. Tu as lu le roman dès sa sortie et tu n'as pas émis la moindre remarque. Peut-être parce que j'y mélangeais une fois de plus allégrement vérité et fiction, et que j'outrageais ainsi, sans le vouloir, les souvenirs que tu t'étais forgés des événements fondateurs de ta propre mythologie parentale : la fausse monnaie jette le discrédit sur la bonne, assure-t-on, et la mémoire contrefaite que je proposais de ton histoire (de *notre* histoire) familiale mettait à bas avec désinvolture celle que tu avais mis si longtemps à reconstruire avec un minimum de cohérence. À une occasion ou deux, j'ai tenté d'en apprendre plus sur les raisons de ta réticence. Tu t'y étais refusée assez sèchement et je n'ai plus insisté.

Je voulais raconter cette période de ta vie dont le début coïncide avec ces fameuses émeutes d'Alger et je me rends compte qu'elle risque de se confondre, à la brosser lapidairement, avec la trop grande histoire, celle d'une nation tout entière prise dans les soubresauts de la haine : répression, torture, peur qui s'installe dans les villes, peur des attentats de plus en plus rapprochés, peur des holocaustes inimaginables de paysans, ta peur pour nous, notre peur pour toi, peur d'être simplement suivi par un jeune gaillard à l'allure suspecte ou parce que le regard d'un voisin s'est fait curieusement ironique un beau matin, tandis que le haut-parleur de la mosquée toute proche éructe des appels à châtier les impies.

Or je veux continuer notre conversation, et ces événements déchirants, qui ont tant hanté mes livres, je refuse que leur victoire soit à ce point complète qu'après avoir abîmé notre passé proche ils en viennent à s'infiltrer dans tous les recoins de nos souvenirs. En effet, si nous avons vécu la peur, nous n'avons pas vécu que l'indignité de la peur. Au plus noir de ces années, nous n'avons jamais perdu l'envie du bonheur.

Ce n'est pas à toi, maman, que je rappellerai à quel point nous sommes les pires gardiens de nos propres souvenirs. Par exemple, ce qui surgit spontanément dans mon esprit quand je me remémore la première journée des émeutes d'octobre quatre-vingt-huit n'est pas du tout lié aux heurts brutaux entre manifestants et policiers dont je serai témoin à la fin de la journée et qui, en s'amplifiant, causeront des centaines de morts les jours suivants ; c'est plutôt l'image d'une poignée de pur-sang échappés ce matin-là d'un centre hippique, pas très loin de l'endroit où j'habitais à l'époque, et qui s'étaient retrouvés à galoper à contre-sens dans la panique la plus totale sur l'autoroute côtière menant vers la capitale.

Je roulais sur la même autoroute, mais dans le bon sens. Je me rendais au journal dans lequel je tenais une chronique, une vague appréhension me nouant le ventre, parce que des rumeurs insistantes, de toute évidence distillées par les « services », laissaient entendre depuis plusieurs jours que quelque chose de grave se produirait ce mercredi d'octobre à Alger. Je regardais avec stupéfaction ces bêtes magnifiques se ruer vers la mort en évitant un premier flot de véhicules, puis un second, avant qu'un tournant ne les dissimule à ma vue.

Je n'ai jamais su le sort réservé par le destin à ces malheureux chevaux. Prise par d'autres urgences, humaines celles-là, la presse du lendemain ne leur consacrera pas une seule ligne.

D'autres images, d'autres sons, d'autres gestes, parfois aussi dérisoires par rapport à l'ampleur de la fureur qui s'était emparée du pays, marqueront le cours de ces années dans ma mémoire mesquinement personnelle : le craquement sinistre des chenilles d'un long convoi de chars montant de nuit vers Alger par la même autoroute, pendant qu'un chat miaulait à fendre l'âme dans un appartement voisin ; un marteau déposé sous mon lit en guise d'arme et que ma main peine à retrouver tandis que la peur, atroce, me paralyse l'esprit parce que les assassinats d'intellectuels ont commencé et qu'un bruit étrange résonne dans les escaliers ; un officier supérieur de la sécurité militaire qui déboule chez moi et me « demande » avec insistance (mais en vain, malgré mon inquiétude) de ne pas faire figurer dans le *Cahier noir d'octobre* le nom du gendre du président de la République, accusé par des victimes d'avoir assisté à des séances de torture ; la voix d'un jeune homme dont le sexe avait été écrasé par un tiroir brutalement refermé par des policiers et qui murmure pudiquement : *on m'a volé mon souffle...*

Des détails, sans doute, mais chaque détail n'a-t-il pas son importance quand on peut mourir poignardé de plusieurs coups de couteau au sortir d'une banale boulangerie, comme ce fut le cas d'un de mes collègues journalistes, qui ne trouva comme ultime geste de protection que d'enfourner sa tête dans le sac à pain ?

Le monde est toujours coupable, mais il l'est plus à certains moments. Nous avions perdu en innocence, mais sans rien gagner en intelligence.

Tout comme ces pur-sang terrifiés qui avaient cru galoper vers la liberté, et n'avaient rencontré que l'embrassade mortelle du métal des voitures.

Ah ! maman, quel gâchis ! Nos âmes ébréchées ne tenaient plus que par miracle. Et le plus affreux était de constater que le mal répandu par les assassins trouvait un soutien inattendu auprès d'une partie importante de la population, la modeste, la populaire, celle à laquelle je croyais pourtant appartenir, compte tenu de mes origines et de mon activité contre la torture.

Bientôt, je serais obligé de partir d'Algérie. Les lettres de menaces reçues au siège de la rédaction se faisaient trop précises. Un comptable puis un journaliste de l'hebdomadaire furent d'ailleurs abattus à bout portant.

Avec mes frères et sœurs, nous avions déjà décidé que tu ne pouvais plus rester à Constantine. Ma tante folle, ma chère tante, à laquelle j'ai tant manqué de respect de son vivant en ne l'aimant pas comme elle aurait dû l'être, s'était éteinte sans se réveiller d'un brusque coma diabétique, sans avoir jamais compris pourquoi on l'avait privée du bonheur auquel elle croyait avoir droit. Tu déménageas donc pour te rapprocher de nous, mais, paradoxe cruel, nous finîmes presque tous par te quitter pour aller souffler un peu de l'autre côté de la Méditerranée.

10

Une semaine avant que tu ne retournes pour la dernière fois à l'hôpital, j'ai eu un doute sur l'intensité de la souffrance qu'alors tu disais éprouver. Sans doute parce que je refusais d'envisager le pire (nous ne savions pas encore...), je me suis permis de penser que tu étais peut-être douillette et que tu te plaignais un peu trop.
En somme : que tu exagérais.
Solitude de celui qui est en proie à la douleur ; scepticisme du témoin, même le plus aimant.
Me pardonneras-tu un jour ?

À quoi bon raconter la suite ? Je m'arrête un instant de farfouiller dans cette douloureuse malle aux souvenirs et, à l'instar des fuyards de la Bible et du Coran lançant par-dessus leur épaule un dernier coup d'œil déchirant de nostalgie à la cité haïe et aimée, je me retourne sur le chemin parcouru, et je maudis ce chemin puisqu'il aboutit à ta mort.

Je sais bien qu'il est futile d'espérer découvrir un sens à la finitude de la vie, que nous ne sommes nécessaires ni à la compréhension de l'univers, ni à sa justification, que cet univers lui-même aurait d'ailleurs pu ne pas être et que le *rien* est probablement l'unique modalité de l'existence qui n'ait nul besoin d'explication.

Mais je n'en reviens toujours pas de le constater, maman. Et je n'en reviens toujours pas de savoir qu'à ta suite moi aussi je vais mourir.

Pourtant, il m'est déjà arrivé plus d'une fois d'être submergé d'une sensation de joie intense, entière, sans cause. Mutinerie *organique* d'une envie de vivre malgré mon aride « connaissance », mon accablante « lucidité ». Découverte poignante de ce que devrait être la vie : *nécessaire* et *éternelle*, c'est-à-dire *sans temps*, et à elle seule suffisante.

Comme si l'enfance consentait, pour un très court moment, à me pardonner d'avoir vieilli et me réintégrait dans son royaume.

Je n'arrive pas à croire que tout cela se soit passé dans ce pays que je croyais si bien connaître. Je n'arrive pas à croire que nous ayons dû te cacher la « disparition » d'un de tes fils parce que nous ne savions pas où il se trouvait et que nous craignions le pire. Les assassinats, les égorgements, les têtes coupées déposées devant les entrées d'immeuble, faisaient partie du quotidien des années quatre-vingt-dix. Je me trouvais en Bretagne et, entre deux coups de téléphone affolés, je m'asseyais parfois sur une chaise et me recroquevillais sur moi-même, tellement la sensation d'être dévoré de l'intérieur par la peur était lancinante. Et puis je m'ébrouais parce qu'une sorte d'instinct primal, absurde mais tellement rassurant, se mettait brusquement à me réprimander : *Voyons, espèce d'idiot, ce genre d'événement est trop grand pour toi et ta famille,* ça ne peut pas *vous concerner, ça ne se produit que dans le journal télévisé, ces malheurs-là !*

Un instant, toute intelligence abolie, la lourde bête en moi reprenait espoir. Pour une poignée de minutes seulement, jusqu'à ce que la terrible réalité qui sévissait en Algérie reprenne ses droits. Cette abominable angoisse (que je ne pouvais partager avec personne de mon entourage breton, *parce qu'elle n'était pas partageable*) a duré presque deux semaines.

Cette fois-là, nous avons eu finalement de la chance, contrairement à tant d'autres familles algériennes : des motifs professionnels avaient amené mon frère dans le grand Sud, en plein Sahara. En raison de difficultés techniques de télécommunications, mais aussi de sa nonchalance naturelle, il n'avait pu nous en informer à temps.

Pendant ces années maudites, nous avons été ballottés d'une peur à l'autre. Peu avant l'an deux mille, nous regardions le journal télévisé de treize heures en France quand le présentateur évoqua Alger. Il était question d'une prise d'otages par des terroristes, et de l'encerclement par les forces spéciales algériennes de l'immeuble dans lequel les terroristes s'étaient réfugiés. Des tirs de mitraillettes étaient nettement audibles pendant que l'on voyait à l'écran la façade noircie d'une partie du bâtiment. « Mais c'est la cité de ta mère ! » s'exclama ma femme. Pris de panique, je bondis. Tu n'avais pas le téléphone à cette époque, j'appelai donc mon frère, qui habitait de l'autre côté d'Alger. C'est toi, maman, qui pris le combiné. Je soupirai de soulagement. Un soulagement, par son intensité, proche de la nausée,

– Vous regardez la télé ?

– Oui, répondis-tu. Tu parles de *la*... Ne t'inquiète pas. Tes frères sont là, tout le monde est là.

Un silence. Ta voix fatiguée reprit :

– Tu nous manques beaucoup, mon fils, tu le sais ?

– Oui, maman, je le sais. Vous aussi, vous me manquez beaucoup.

Je raccrochai. J'avais des chats dans la gorge. Je bredouillai à l'intention de ma femme qui m'interrogeait des yeux :

– Ça va, ça va, tout va bien…

Douce maman, nous avons dû aussi te cacher, beaucoup plus tard, les violentes réactions qui suivirent la parution de mon roman *Ô Maria* en France et sa tentative de publication en Algérie. Tu avais eu un accident de voiture qui t'avait fortement diminuée, tant au physique qu'au moral. L'hospitalisation en elle-même avait été cauchemardesque, comme une sorte de sinistre répétition de ce qui te serait infligé moins de sept ans plus tard. Dans le premier hôpital où l'ambulance de la sécurité civile t'avait conduite, je me suis trouvé contraint de glisser de l'argent à un infirmier pour que tu aies au moins quelques draps propres. Puis, comme l'opération ne pouvait plus avoir lieu à cause d'ascenseurs tombés subitement en panne, nous avons dû nous débrouiller pour t'évacuer vers un autre établissement un peu moins désorganisé. Je me rappelle tes yeux terrifiés quand mes frères et moi avons descendu les longs escaliers en colimaçon du service de traumatologie, toi t'accrochant de toutes les forces qui te restaient à ton brancard dangereusement penché en avant, nous essayant de manœuvrer au mieux pour ne pas te précipiter dans le vide.

Après une intervention chirurgicale à la hanche dans le nouvel hôpital, tu ne te déplaçais plus que difficilement. Tu supportais mal cette impotence, car tu aimais vaquer à tes propres affaires. Tu disais en grimaçant que tu songerais à mourir le jour où tes jambes refuseraient définitivement de t'obéir. Il était donc hors de question de t'accabler d'inquiétudes supplémentaires.

Rappelle-toi : j'avais beaucoup parlé avec toi de cet ouvrage sur l'Andalousie, de son projet d'abord, puis de mes hésitations au moment du passage à l'écriture. Peut-être devinas-tu bien avant moi pourquoi ce chantier me tenait tellement à cœur : les crimes commis contre toute tentative de penser par soi-même en Algérie, et plus généralement dans le monde musulman, me rendaient probablement honteux de ma part orientale ; écrire sur cette période faste de la rencontre entre les mondes arabe et européen durant laquelle une civilisation magnifique avait pu éclore me permettrait de ne pas trop sombrer dans l'autodénigrement et le pessimisme historique. Pourquoi, en effet, ce qui avait été possible pendant plus de sept siècles ne le redeviendrait-il plus ?

Et puis notre famille elle-même, avec ses branches arabo-berbère, noire et européenne, n'était-elle pas en fin de compte une tentative plus ou moins réussie de refonder une Andalousie en miniature ?

Tu avais souri quand j'avais émis cette hypothèse, pas très convaincue, en réalité, de la pertinence de la comparaison.

Il est vrai qu'en cours de route je déciderai de m'intéresser plutôt à la période qui suivit la chute de Grenade, donc à *l'échec* de cette Andalousie magique. Peut-être parce que l'échec est un matériau littéraire plus intéressant, avouerais-je avec une pointe de cynisme. On ne se refait pas, vois-tu, d'autant que je tombai de surcroît sur le compte rendu d'un interrogatoire d'une Espagnole mi-catholique mi-musulmane torturée par l'Inquisition et qui, pour ne pas dénoncer son mari, préféra se couper la langue et finir sur le bûcher. De cette preuve d'amour déchirante, je m'efforçai de tirer un roman, de passion me sembla-t-il, plein de violence bien sûr (comment aurait-il pu en être autrement, maman ?), persifleur parfois à l'encontre des intolérances monothéistes et des certitudes plus qu'arrêtées des protagonistes de l'époque. Cet *Ô Maria* bâti autour du destin d'une femme avide de vie et de liberté, morisque pour son malheur car considérée comme trop musulmane par les uns et pas assez par les autres, je le proposai à mon éditeur français et à un éditeur algérien. Mal m'en prit pour ce dernier…

Jugeant *Ô Maria* sacrilège, les employés de la maison d'édition algérienne avec laquelle le contrat avait été signé menacèrent de démissionner en bloc si la direction persistait à publier le roman ! Par le biais d'un délateur, le bruit en parvint au premier journal arabophone d'Algérie. J'eus alors droit à ce qui semble être, *a priori*, le rêve secret de tout écrivain : un article en gros caractères barrant la une du quotidien le plus vendu… Sauf que, dans le contexte du terrorisme religieux ensanglantant le pays, cela relevait plutôt du cauchemar. L'article me reprochait en des termes venimeux de m'en prendre à la religion d'un milliard de personnes, et, me comparant à Salman Rushdie et au pape Benoît XVI, terminait sa diatribe en affirmant que je ne devais pas espérer échapper aux conséquences de mon outrageante impudence.

Un détail sordide : dans le chapeau même de l'article, il était souligné que j'étais un écrivain algérien d'origine *marocaine*, suggérant par là qu'une partie au moins de ma vilenie supposée n'était pas attribuable à l'Algérie, mais à son voisin et concurrent de toujours, ta patrie, maman.

Le soir même, deux importantes chaînes satellitaires du Moyen-Orient s'en prirent vivement au livre et à son auteur, sur le ton incendiaire habituel à ce genre de dénonciation dans le monde arabe. Miracle d'Internet et du copier-coller, la substance de ces attaques fut reproduite dès le lendemain avec une identique virulence dans une large partie de la presse écrite de la région, de l'Irak en guerre (!) à l'Arabie saoudite en passant par le Liban ou par le Yémen. S'y ajoutèrent une multitude de blogs et de sites islamistes plus furieux les uns que les autres. Sur celui d'une chaîne de télévision, un internaute clamait, au milieu d'un demi-millier (!) de messages haineux du même tonneau : *Si j'avais été président, j'aurais brûlé ce renégat !*

Et dire que le premier chapitre de mon roman s'ouvre justement par une exécution publique par le feu – ordonnée, elle, par l'Inquisition espagnole…

Aucun de ces « critiques » de la presse arabe n'avait pris la peine de parcourir ne serait-ce qu'un extrait d'*Ô Maria*. L'ouvrage venait de paraître à Paris et n'était, de toute façon, disponible qu'en français. Mais est-ce vraiment nécessaire de le lire quand on a l'âme pyromane ? Le plus étrange, pour moi, était de découvrir à quel point le passé lointain (l'expulsion des Morisques d'Espagne date – quand même ! – du XVIe siècle) avait encore qualité de « présent » dans cette partie du monde, au point d'en appeler à châtier sans retard celui qui avait osé produire un récit non orthodoxe d'événements considérés ailleurs comme définitivement révolus.

Tu devais passer la nuit chez mon frère, à Alger, le soir de la méchante critique télévisuelle, mais un heureux hasard fit que tu n'en subis pas le spectacle. Mon frère veillerait, par la suite, à éplucher soigneusement les journaux qui entraient à la maison afin de soustraire à ta vue ceux qui traitaient de « l'affaire ».

J'étais en France quand la police m'informa, moins de vingt-quatre heures après la parution du journal algérien, qu'un groupe terroriste appelait à mon élimination physique. *Quel héros nous débarrassera de cet ennemi de notre grande nation ?* questionnait emphatiquement le communiqué des terroristes en réclamant, et ce n'était pas au sens figuré, qu'on me *coupe la tête !*

Je dois t'avouer, maman, que je n'en ai pas mené large à la lecture de cette prose boursouflée mais explicitement meurtrière. J'avais bien fait du reportage de guerre au Liban, mais la peur – réelle – que j'avais éprouvée sous les bombardements israéliens au moment de l'invasion de Beyrouth ou, plus tard, quand la « guerre des camps » opposerait les chiites et les Palestiniens, cette peur-ci ne concernait que ma seule personne. Je l'avais en quelque sorte *choisie* et, par la suite, suffisamment apprivoisée pour en tirer la matière d'un roman (*L'Amour loup*).

Mais là, père et époux, je n'étais plus seul. Je n'ose te décrire l'angoisse qui m'a alors envahi en imaginant le pire. Moi qui fumais rarement, je me suis mis à griller cigarette après cigarette. Je n'ignorais pas que les terroristes des GIA et leurs affidés en Europe justifiaient cyniquement le massacre des enfants lors des attentats et des holocaustes de villages en soutenant que c'était leur rendre service, leur innocence leur ouvrant directement les portes du paradis ! Sur les conseils des services de sécurité français, nous quittâmes donc le domicile familial. Je n'entrerai pas dans les détails, il suffit que je te dise qu'on se retrouve bien seul dans semblable situation, à mi-chemin entre la clandestinité et la vie normale – puisqu'il faut bien continuer de travailler et d'amener les enfants à l'école. À une seule (et d'autant plus précieuse) exception, je n'ai pas reçu le moindre soutien public de mes confrères algériens. L'un d'eux, un auteur arabophone classé plutôt à gauche – et que je croyais être un ami –, se permit même de m'apostropher ainsi, lors d'une rencontre inopinée à Alger, plusieurs mois plus tard : *Alors, encore vivant ?*

Tu t'es peut-être doutée de quelque chose durant cette période, t'inquiétant de ma voix altérée quand je te téléphonais, et t'étonnant de ne trouver personne quand tu appelais toi-même chez moi, mais nous parvînmes malgré tout à préserver le secret. Même ma petite nièce, encore à l'école primaire, et qui avait craint, après l'émission de télévision, que porter le même nom que son oncle lui vaille des jets de pierres de la part des voisins, tint sa langue. Pardon, ma douce maman, de t'avoir menti pendant si longtemps. Pourtant, combien de fois ai-je eu la tentation de tout te raconter afin que, oui, *tu me protèges*, comme lorsque j'étais petit et que je me réfugiais dans ton giron. On n'est jamais vraiment *grand* quand on a la chance d'avoir encore sa mère…

Un détail te fera sourire *a posteriori :* nous avons expliqué à mon fils, âgé de neuf ans au moment des faits, que nous étions obligés de partir de chez nous à cause de gros problèmes de plomberie. Il en fut tout excité, ravi de la tournure « école buissonnière » que prenait à ses yeux notre déménagement précipité. Il a même émis ce commentaire qui nous a fait rire jaune : *J'espère que la réparation durera longtemps…*

Je t'avoue avoir été profondément atteint par l'affaire *Ô Maria* et par la haine qu'elle a pu déclencher. Je pensais avoir rendu hommage à la mémoire des Morisques, ces victimes d'un fanatisme criminel datant de la *Reconquista*, et je retrouvais la sale figure de cette intolérance, cinq siècles plus tard, chez beaucoup de mes concitoyens du sud de la Méditerranée. Maquillée différemment, certes, se servant d'outils ultramodernes pour répandre sa détestation de toute pensée critique, mais inchangée quant au fond, toujours tentée de réduire ses contradicteurs au silence par la terreur et la mort.

J'ai accusé le coup, d'autant plus que même certains de mes « amis » s'étaient mis de la partie, me blâmant à mots plus ou moins couverts d'avoir mis en danger ma famille en commettant un tel livre par pur égoïsme d'écrivain. Leurs arguments rejoignaient le reproche souvent jeté comme un crachat à la face de la femme violée : *D'accord, ils ont tort, mais reconnais que c'est un peu de ta faute, tu n'aurais pas dû les provoquer*… Quelqu'un me suggéra sans vergogne d'écrire un nouveau texte où j'expliquerais que je me repentais de mon *Ô Maria* en le mettant sur le compte d'un « aveuglement » passager !

11

– Hein, maman, que souhaiterais-tu si tout pouvait être repris de zéro ? Une nouvelle mère ?
– Non, la même, mais en moins absente, en moins fauchée, en moins malchanceuse. Et travaillant toujours au cirque, car je ne l'ai jamais vue au cirque. Elle devait y être merveilleuse.
– Le père ?
– On ne peut changer de parents, sinon on n'existe pas. Alors le même père également, mais en moins indifférent, plus affectueux vis-à-vis de mon frère et de moi. Et, surtout, tenant aussi fort qu'aux premiers jours à sa femme et ne la quittant jamais pour une autre.
– Ton mari ?
– Le même toujours (enfin je crois, et peut-être dis-je ça uniquement pour te faire plaisir), mais en plus amoureux, en moins autoritaire. Aurait-ce été possible ? Je ne sais. Je lui aurais appris à exister différemment, à me laisser exister aussi. Oui, là, j'aurais eu une autre vie, pas cette vie inaccomplie ! Sans l'exil. Il ne serait plus question d'exil si une nouvelle occa-

sion m'était offerte. L'exil est une malédiction. De plus, j'aurais fait comprendre à ton entêté de père qu'il ne sert à rien de se mettre en colère, que c'est ridicule puisqu'on meurt de toute façon. Étant ce qu'il était, aurait-il compris ? Et puis, si vraiment tout était à refaire, je changerais mon dernier moment sur cette planète...

– Oui ?

– ... Puisqu'on parle de seconde chance, ne pas mourir comme je suis morte. Il y a tellement de manières moins... comment dire ? désagréables *de conclure le voyage.*

Je me suis arrêté là, maman, le cœur serré. Je ne te poserai donc pas la question concernant tes enfants : si c'était à refaire, aurais-tu voulu nous ravoir ? Je ne supporterais probablement pas une réponse trop franche, assez prévisible en ce qui me concerne : il est si facile de faire mieux que moi comme fils...

De toute façon, je le devine, tu ne nous imposerais pas la vérité si tu pensais qu'un excès de sincérité nous ferait souffrir.

Chère maman, il m'a fallu du temps pour remonter la pente. J'ai même décidé, sur un coup de colère, de ne plus écrire la moindre ligne sur ce monde qui va de l'Atlantique à la mer Rouge, si prompt, malgré sa grandeur passée, à l'insulte et au lynchage. Un peu comme on prend un traitement médical, je me suis alors lancé dans un nouveau roman – sur... les bonobos.

Changement de sujet plutôt radical, relèverais-tu avec une pointe de sarcasme. Oui et non, maman. Dans *Ô Maria*, la bêtise d'un groupe humain s'exerçait contre un autre groupe humain. Là, la bêtise de l'ensemble de notre espèce se liguait contre une autre, plus fragile, plus démunie, et si cousine de nous pourtant par nombre de côtés. Au fond, si je changeais de « personnages », je ne changeais pas réellement de thème : tout roman n'est-il pas, au moins en partie, l'épopée de la bêtise ?

Tu comprendras mon profond accord avec ce physicien pince-sans-rire qui soutenait que les deux éléments les plus répandus dans l'univers sont l'hydrogène… et la bêtise.

Après des semaines de lecture et de travail préparatoire, j'ai commencé à me prendre d'amitié (il n'y a vraiment pas d'autre mot) pour ces grands singes au regard parfois si déstabilisant par son « humanité », par ailleurs pacifiques adeptes de la volupté comme outil de règlement des conflits dans une collectivité.

Et puis, un matin, alors que je trimais (avec délectation) sur le troisième chapitre de ce qui était censé devenir mon nouveau livre, je me suis arrêté net, giflé par l'évidence : *ils* m'auraient donc défait à deux reprises, la première au début des années quatre-vingt-dix en m'obligeant à quitter l'Algérie, la seconde en ayant réussi à planter des barbelés dans ma propre tête, me privant, même en France, de l'unique liberté qui vaille pour un écrivain ?

Oh ! ce n'est pas que je me fasse une trop haute idée de ce que j'écris, maman ! C'est simplement que, comme chacun d'entre nous, je vois midi à ma porte. À l'aune de l'infini, tous nos efforts pour *bien* vivre – comme auraient dit les philosophes grecs – appartiennent naturellement à l'ordre du saugrenu et peut-être même du risible. Mais à cette vie-là, déjà lourdement handicapée par le non-sens, je suis convaincu qu'on ajoute le méprisable si on aliène trop aisément *à d'autres,* par servilité ou par peur, les rares « degrés de liberté » que la nature a daigné nous accorder.

L'absurdité n'invalide pas le choix d'une morale comme guide d'une vie. Au-delà d'une exigence instinctive presque biologique chez certains, la posture morale (puisqu'on est libre, *après tout*, de considérer qu'elle relève d'une option) peut même être décrite comme une façon, disons, « esthétique » de toiser l'incongruité du monde droit dans les yeux et de lui tenir tête, au moins provisoirement.

Dans ce cas précis, j'ai eu l'impression, très forte, qu'une sentinelle en moi venait de me surprendre en flagrant délit de fuite et gloussait sans retenue par-dessus mon épaule : *On dirait que ton imagination bouillonne, petit homme ! C'est donc si urgent que ça, ton récit sur les bonobos ?*

Ce ricanement virtuel était tellement insultant par ce qu'il perçait en moi de pleutrerie que, du jour au lendemain, sonné, j'ai arrêté de travailler sur ce nouveau livre.

Un livre qui semble prometteur (c'est du moins ce qu'une partie de vous-même commence à croire), qui a déjà acquis une amorce de tension, et qu'on abandonne là au milieu du chemin, cela ressemble diablement à une exécution de masse – de personnages de fiction, certes, mais on ne consacre pas sa vie à la littérature sans considérer tôt ou tard les héros de roman comme aussi tangibles que des gens de chair et de sang.

Le fait que mes êtres de papier fussent ici des bonobos ne changeait rien à l'affaire. Peut-être même l'aggravait-il, puisque l'un de mes objectifs était de décrire la probable extinction de l'espèce la plus cousine de la nôtre telle qu'elle apparaît vraiment à mes yeux : un *génocide*, pour le dire abruptement, commis en toute impunité par nous autres humains-animaux, avec le simple alibi d'une plus grande intelligence !

Quelle stupide arrogance que de nous persuader qu'en éliminant toute *concurrence* nous nous sentirions mieux d'être plus solitaires face à l'univers...

Prenant prétexte d'une invitation à une rencontre littéraire, je suis retourné à Alger pour trois jours. Je voulais lutter contre cette humeur morose qui me faisait errer sans but dans ma maison. J'espérais surtout vaincre ma peur de l'Algérie, et « remonter immédiatement à cheval », obéissant en cela au commandement pressant des maîtres écuyers aux débutants qui chutent de leur monture.

Pour des raisons de sécurité (la tienne autant que la mienne), je n'ai passé qu'une nuit chez toi. Tu as dû être secrètement froissée de me voir préférer l'anonymat d'un hôtel à l'appartement familial, mais tu n'en as rien montré. Imagine, maman, mon amertume de ne pouvoir m'en ouvrir à toi, de passer pour le fils négligent que je n'étais pas.

Au cours de la soirée, je t'ai trouvée très affectée par un horrible fait divers qui s'était déroulé non loin de ton quartier. Tu me l'as raconté avec beaucoup d'émotion dans la voix : une jeune écolière avait été enlevée à la sortie de son école. On avait retrouvé deux jours plus tard son corps dénudé sur un terrain vague ; elle avait été poignardée après avoir été violée.

Je n'aime pas cette expression *fait divers*, surtout appliquée à la mort d'un être humain. La victime y est réduite au rang d'épluchure d'une actualité prétendument plus importante où les seuls événements supposés dignes de notre attention seraient ceux mettant en jeu des intérêts géostratégiques ou les turpitudes des grands de ce monde.

Tu as été d'autant plus touchée par ce drame qu'il avait subi justement le traitement réservé à une épluchure : l'indifférence la plus abyssale de la part de la société et des autorités. La petite appartenait à une famille très modeste, cotée zéro sur l'échelle de l'influence sociale ; sa fin épouvantable ne mobilisa par conséquent ni les médias ni, surtout, la police.

– Qu'est-ce que c'est, ce pays où la mort des plus faibles n'émeut plus personne ? t'étais-tu emportée. On a l'impression que c'est un rat qui vient d'être tué, et non une fille pleine de rire et de joie et chère à ses parents comme la prunelle de leurs yeux. Imagine un instant la dévastation du père et de la mère. Qui consolera ces gens, dis-moi ?

Ta voix s'était cassée, et je t'ai regardée, étonné de te voir prendre aussi à cœur le malheur de cette inconnue. Je suis revenu en France, contaminé par ta peine, tournant et retournant sans cesse dans mon esprit l'image insupportable de cette adolescente privée de vie. L'Algérie avait connu des milliers de crimes aussi abominables, alors pourquoi ce forfait plutôt que tel ou tel autre persistait-il à me hanter ? Et pourquoi, travaillé par je ne sais quoi dans le tréfonds de ce bourbier obscur que notre ignorance désigne sous le nom de subconscient, s'imposait peu à peu à mon esprit la conviction que le destin de cette petite devait être considéré non seulement comme le « résumé » exemplaire de ce qui avait ravagé ce pays durant les deux dernières décennies, mais aussi comme un lien terriblement symbolique entre son présent et ce passé un peu plus lointain, mais tout aussi violent, celui de la guerre d'Algérie ?

Je ne connaissais de cette adolescente que ce que tu m'en avais raconté, mais plus le temps passait et plus son meurtre devenait en quelque sorte une affaire personnelle : si je ne faisais rien, je devenais complice. De quoi au juste ?

Je n'en avais pas une idée précise, mais cela avait une relation confuse avec l'idée que je me fais de la dignité de la littérature.

Et c'est comme ça, maman, que ta peine pour cette enfant m'a littéralement dicté le thème de mon dernier roman, *Le Rapt*.

Ma peur n'avait pas disparu, mais, sans le savoir, tu m'as amené à la considérer comme un outil pour « venger » l'écolière – et ses innombrables semblables de l'Algérie d'hier et d'aujourd'hui – en éclaboussant de sa douloureuse mémoire la passivité de la communauté qui aurait dû la protéger ou, au moins, lui rendre justice.

Je me suis mis au travail. Péniblement d'abord, tant le sujet (*faire mal à des enfants...*) se révélait, pour moi, insupportable à traiter. J'ai opté tout de suite pour une écriture neutre, sans le moindre lyrisme, en tâchant de me situer au plus près de la souffrance des victimes. J'ai élargi le thème de mon livre, de manière à y faire « dialoguer » les années de la guerre d'indépendance et celles du terrorisme islamiste, parce que, me semblait-il, les atrocités des premières expliquaient en partie celles des secondes.

Aiguillonné par un remords de dernière minute, je me suis même permis d'octroyer un petit rôle aux bonobos que j'avais si brutalement abandonnés, en les transformant en pensionnaires contestés du zoo d'Alger, où, *par hasard*, travaille un des principaux personnages du roman…

Il m'arrivait de m'endormir le soir, le cœur débordant d'inquiétude car j'ignorais ce que le lendemain réserverait comme horreurs à mon livre, comme si ce que j'écrivais ne dépendait plus seulement de moi, mais principalement de la folle logique des événements se produisant réellement (*réellement*, maman !) dans le monde qualifié pourtant d'ordinaire : le meurtre, le viol, la torture, l'égorgement, le ricanement et l'impunité des tortionnaires.

Je n'ai pu poursuivre le lourd chantier de ce livre – où j'avais parfois le sentiment qu'une partie de mon âme s'engluait – qu'en gardant présent à mon esprit ton effarement devant cette mort infligée à un enfant. Quand tu me téléphonais, j'éludais tes questions sur mon travail, impressionné moi-même par l'ampleur de la tâche que je m'étais fixée.

Quelque deux ans plus tard, le roman est sorti en France et en Algérie, à deux ou trois semaines d'intervalle. J'avais tenu, en effet, à ce qu'un ouvrage mettant en cause aussi profondément les deux pays qui me sont le plus chers y soit publié de façon simultanée. Je ne voulais surtout pas jouer un pays contre l'autre, en laissant accroire par exemple que les crimes de l'un, par leur ampleur et leur durée historique, absolvaient ceux de l'autre. Restituer aux *innocents* leur identité d'individus souffrants de chair et de sang ; les extirper, en les faisant « renaître » à notre monde par le biais de la littérature, de l'anonymat du « dégât collatéral » (quel terme de salauds !) des adeptes de la supposée cohérence de l'histoire ; aborder aussi la possibilité, si improbable soit-elle, de rédemption des coupables, ceux dont l'âme a été flétrie jusqu'à la racine par leur participation à l'ignoble : voilà en gros l'Everest artistique que mon roman s'était mis en tête d'escalader.

Il reçut dans les deux pays des éloges qui ne manquèrent pas de me faire plaisir, mais j'ai surtout éprouvé une sorte de contentement amer en constatant que le journaliste algérien auteur de l'article dont le retentissement m'avait causé tant d'ennuis à la sortie d'*Ô Maria* récidivait dans un autre grand quotidien arabophone : *Avec son* Rapt*, A.B. plante un coup de poignard dans le dos de l'Algérie !*

Ce personnage s'étranglait de fureur qu'un Algérien se risquât à dévoiler la vérité sur la tragédie de Melouza, ce village de l'Est algérien dont toute la population masculine, adolescents compris, avait été exterminée par le FLN. Selon lui, la simple compassion pour des êtres humains exécutés de la pire manière un demi-siècle auparavant par des membres du parti actuellement au pouvoir ne relevait que de la haute trahison et de la vile allégeance aux services spéciaux des anciens colonisateurs français ! Pas moins…

La boucle était bouclée : après l'appel implicite aux tueurs islamistes, le scribouillard n'hésitait pas, cette fois-ci, à asticoter la fibre patriotique des autorités policières pour que je n'échappe pas à la punition que je méritais. D'autres voix comminatoires s'adjoindront à la sienne, y compris celles de certains compagnons de combat du colonel assassin mis en cause dans mon roman.

Les processus psychologiques à l'origine des émotions opèrent parfois de manière paradoxale : ce second article a eu pour conséquence imprévisible de me libérer entièrement de ma peur, la remplaçant par une sorte de mépris rageur envers cette tribu de terroristes du papier journal dont la plume est toujours au garde-à-vous devant les puissants du moment pour justifier l'injustifiable.

Mon livre n'a probablement pas atteint son but, maman, comme tous les livres qui prétendent *parler* de l'insensé de la souffrance et de la mort. Je n'ai pas vengé l'enfant de ton quartier. Ni, encore moins, les suppliciés de Melouza ou ceux des DOP (les départements opérationnels de protection de l'armée française). Je me suis seulement efforcé de remettre leur souvenir au menu de la mémoire commune. Pour certains, cette tentative de ne pas jeter trop vite l'éponge face au crime – et aux criminels ! – est *en soi* le véritable crime.

Quand le roman a paru à Paris, je t'en ai envoyé immédiatement un exemplaire. Tu étais à l'origine du livre, il était normal que tu en fusses l'une des toutes premières lectrices.

Mais le crabe funeste avait déjà entamé son œuvre de mort, ma douce. Tu as commencé la lecture du livre ; bientôt, tu n'as plus eu assez de force pour la poursuivre.

Toi et moi ignorions cependant que si peu de temps nous restait à partager.

12

Je contemple le petit pot posé sur mon bureau : il contient une poignée de terre que j'ai prélevée sur ta tombe, le jour de l'enterrement. Il m'arrive de déposer un baiser sur le côté du pot comme si je t'embrassais. Aujourd'hui, j'ai soulevé le couvercle : venue d'on ne sait où, une coccinelle vaquait à ses affaires. Troublé malgré moi, j'ai eu envie de lui souffler : Belle coccinelle, fée porte-bonheur, adresse mon bonjour à ma mère là où elle se trouve.
Puis, dans une bouffée d'antique superstition, j'ai pensé que c'était peut-être toi, comme dans une histoire de réincarnation que les hindous savent si bien inventer. Bien sûr, c'est impossible, la réincarnation. Mais le monde lui-même, le monde que nous touchons avec notre corps et notre cœur pour en être caressé et blessé sans ménagement, ce monde étrange qui nous héberge pour un petit tour et puis s'en va, n'est-il pas, si l'on y réfléchit un instant, strictement *impossible ? Alors, je n'ai plus osé déranger la petite coccinelle, j'ai croisé les doigts*

comme un corniaud et reposé doucement le couvercle.

Un poète affirmait qu'il n'y a jamais de dernière réplique, ou alors que chaque réplique est la dernière. On peut arrêter la noria à n'importe quel godet, suggérait-il, le bal, à n'importe quelle figure de la danse.

Alors, maman, que dois-je faire à présent ? Arrêter la noria de mes souvenirs et de mon chagrin, fermer à double tour la porte du caveau de ton existence et, *pfuit !* reprendre le cours de mes jours et de mes livres comme si rien ne s'était passé et que tout rentrait dans l'ordre ?

Quel *ordre*, d'ailleurs, face à l'infamie de la vie – puisque celle-ci se clôt toujours par une mort, mort qui ne lui procure, n'en déplaise aux « optimistes », aucun sens, et qui la ridiculiserait plutôt ?

Pardon, maman, pardon d'avoir élevé la voix ici, par simple réflexe, ou plutôt vanité, d'intellectuel désabusé qui voudrait se persuader qu'on ne la lui fait plus. Mais au bout du compte je ne suis qu'un fils, le tien, et la stupéfaction de t'avoir perdue glace mon esprit. J'ai oublié que nous conversions et que le plaisir de la conversation n'est pas de convaincre (avec son sous-entendu guerrier de *vaincre*), mais surtout *d'entendre* la voix de l'autre, celui qui vous rend l'insigne service de vous faire sentir plus vivant au monde par la grâce de sa simple présence.

L'autre, ici, c'est toi, maman, à la fois ma mère et mon amie. Et j'ai tellement envie de t'entendre. Le vertige me prend, à la limite de la nausée, de réaliser que cela ne sera plus réalisable, sinon au travers de ma pauvre imagination.

Et puis, te convaincre de quoi ? Cela présumerait qu'en ce domaine des fins dernières j'en aurais appris suffisamment pour désirer imposer mes convictions. L'intégriste, le fanatique, l'oiseau picorant un grain sur le sol, le chien courant derrière un lapin, eux, oui, ont des *convictions*, au point d'être « raidis » par elles dans leurs aspirations présentes et futures ; moi, je ne puis m'adosser qu'à des incertitudes teintés de scepticisme, d'étonnement également, et même d'émerveillement quand la chance m'en est offerte.

La mine renseignée de ceux qui sont au parfum, des dogmatiques qui ont raison avant même qu'ils ne pensent, très peu pour moi !

Nous avons eu, il y a quelques étés, une discussion qui a, de manière inattendue, débouché sur cette question du fameux « sens de la vie ». Et c'est toi, maman, la croyante, qui as été amenée, presque à ton insu, à formuler à haute voix ta perplexité.

Tu venais de recevoir un long coup de téléphone du Maroc. Ton interlocuteur t'avait appris, avec beaucoup de retard, la mort de ton oncle, le frère de ton père. Tu aimais beaucoup ce parent, mais il avait atteint un âge respectable et tu pouvais te consoler en considérant, ainsi que le formule rudement la sagesse populaire, qu'il avait « fait son temps ». Ce n'est donc pas son décès en lui-même qui a provoqué cet abattement amer t'amenant à murmurer, presque scandalisée : *Mais ça n'a pas de sens, une vie comme celle-là !*

J'avais rencontré ce vieux monsieur sur le tard à Rabat. Lors de nos deux rencontres, j'avais apprécié sa gentillesse et sa culture, en particulier sa grande maîtrise de l'arabe et du français. Il maniait chacune de ces deux langues avec son élégance propre, sans ce laid entremêlement devenu trop souvent la règle au Maghreb. Rien, pourtant, dans son accueil affable quoique légèrement compassé, ne transparaissait de la détresse qui le minait depuis des années et le minerait sans rémission jusqu'à son dernier jour.

Son maintien m'avait fortement impressionné car je connaissais une partie de son histoire, entrée peu à peu dans la légende familiale. Habile en affaires, prospère et pourtant généreux, ton oncle s'était marié bien après ton père. Pendant longtemps, sa femme et lui espérèrent un bébé qui ne vint pas. On lui conseilla de divorcer ; il s'y refusa net, de même qu'il repoussa avec dédain la solution, banale à l'époque, de la bigamie, car il tenait profondément à son épouse.

Prenant de l'âge, ne supportant plus le silence d'un foyer sans enfants, le couple se résigna enfin à en adopter un. Tous deux se débrouillèrent cependant pour que celui-ci, âgé alors seulement de quelques semaines, fût illégalement inscrit à l'état civil comme le leur propre. L'islam ne reconnaissant pas l'adoption plénière – et son corollaire, l'octroi d'un nom de famille –, ils souhaitaient éviter que le garçon ne souffrît plus tard de sa condition d'enfant trouvé, proie facile des féroces moqueries de la société conservatrice marocaine. Bien entendu, ils manœuvrèrent de leur mieux pour garder tout cela le plus secret possible.

Le trio fila un bonheur sans nuages pendant un certain nombre d'années – celui *justement* indispensable, glousserait un cynique comptable des destinées humaines, pour que le malheur à venir fût rendu d'autant plus déchirant. Émotif, particulièrement attaché à ses parents, le petit Y. entra à l'école et se retrouva bientôt cité en exemple pour l'excellence de ses résultats. On en vint même à dire autour de lui : *intelligent comme Y., brillant comme Y.,* etc.

Cette parenthèse enchantée avait été trop belle pour durer. On prétend que le bonheur attire les méchants comme les roses le font des guêpes. Le drame se produisit alors que le garçon terminait son adolescence. Probablement par jalousie, quelqu'un lui jeta un jour son origine à la figure – qui se révéla n'être qu'un secret de Polichinelle pour tout le monde, à l'exception, malheureusement, du premier concerné.

Y. s'effondra sous le choc de la révélation. Très rapidement, il perdit pied, abandonnant au passage une grande partie de sa raison. Assez curieusement, un livre se trouve impliqué dans cette histoire : *L'Étranger* de Camus. Ravagé par la douleur, ton oncle accusa la famille de la veuve de son frère d'avoir sciemment offert à l'adolescent le célèbre roman afin de bien lui faire comprendre qu'il était *étranger* au nom qu'il portait sans en avoir le droit. Selon ton oncle, des membres de la famille de son frère guignaient son patrimoine et ne supportaient plus la perspective qu'un enfant illégitime comme Y. s'en arrogeât la propriété le moment venu.

L'état de l'adolescent empira, si bien qu'il ne fut plus question pour lui ni de collège ni de lycée. Pendant les deux décennies qui suivirent, toujours choyé par ses vieux parents, impeccablement habillé par sa mère, l'adolescent devenu homme, naguère promis à un si bel avenir, consacra dorénavant ses journées à errer dans la ville, proférant des propos insanes, fumant comme un pompier, quémandant de l'argent auprès des passants pour un verre de thé ou d'alcool. Anéantie par l'état de son enfant, l'épouse s'éclipsa finalement dans la mort. Le mari se retrouva veuf, en proie désormais à la hantise de disparaître à son tour en laissant son cher Y. seul au monde.

– Vois, m'as-tu expliqué avec un tremblement dans la voix, comme les choses se sont ensuite agencées pour lui. Après bien des hésitations, mon vieil oncle a cherché désespérément à se remarier afin de procurer à l'enfant un substitut de mère. Cette dernière ne devait pas être trop âgée pour pouvoir survivre suffisamment au mari et s'occuper du beau-fils à moitié dément. Pour convaincre les candidates éventuelles, il leur a offert la moitié de ses biens, maison comprise, l'autre moitié revenant bien sûr à Y. Une première femme s'est enfuie rapidement devant l'agressivité du fils à l'égard de l'intruse qui prétendait voler la place de sa mère. Une deuxième eut plus de « chance » : dès les documents de cession signés devant notaire, Y. tomba gravement malade et mourut sans tarder.

Tes yeux se sont soudain humidifiés.

– Les deux amours de sa vie étant morts, mon oncle n'avait plus rien à faire dans ce monde. Brisé par son double chagrin, il s'est vite dépêché de les rejoindre. Leurs dépouilles reposent à présent côte à côte, les parents trop aimants et l'enfant fou d'avoir été trouvé.

Puis tu as haussé les épaules en soupirant.

– C'est la vie qui est folle, mon fils, pas la folie. Quel sens cela peut-il avoir de vivre, puis de mourir de cette manière ?

Je ne t'ai rien répondu, ma douce maman, parce qu'il n'y avait rien à répondre et que, visiblement, tu avais envie de pleurer.

Mon livre aurait tellement voulu enrober d'un minimum de signification toute cette affaire, je veux dire : cette étrange affaire de vivre (*Je suis ton fils et tu es ma mère ; tu m'as aimé et je t'aime ; tu es morte et je mourrai bientôt ; et puis voilà !*) si impitoyablement résumable...

Je devine mon lamentable insuccès. Parfois, je rêve que ce livre sur ta mort aurait pu être écrit *avec* ta collaboration : tu m'aurais prodigué de précieuses informations sur tes pensées les plus secrètes, tout en n'omettant pas de sourire avec indulgence aux passages où je te fais dire ce que tu n'as peut-être jamais dit ; tu m'aurais surtout appris si une poignée de moments de bonheur et deux ou trois émerveillements ici et là sur une petite planète d'un système solaire perdu dans un trop grand univers rachètent une bien mauvaise mort.

Question de bilan, en effet : en somme, on n'est heureux qu'au passé, mais on meurt toujours au présent.

Crois-moi, et sans vouloir être impertinent à ton égard, je t'aurais écoutée *religieusement*, moi le libre penseur par défaut.

Oui, je ne l'ignore pas, mon rêve est extravagant puisqu'il me permettrait de t'interroger sur la manière dont tu éprouves ton propre anéantissement, mais au diable la logique. La pire extravagance demeure la suivante, maman : *quelque chose*, depuis le début de la vie, prend la peine de nous parer d'incommensurables possibilités, et puis, sans plus s'en faire, *nous tue*.

Et sans la moindre chance de remise de peine.

Si je tenais ce *quelque chose* à la gorge, j'en aurais, des reproches à lui adresser sur cet insensé gaspillage…

Je constate que je bégaie face à ce crucifiant *jamais*. Comment donc conclure ce livre ? J'aurais voulu, évidemment, ne *jamais* (encore lui…) avoir à cesser ce tête-à-tête illusoire où je te soumets des questions et fabrique désespérément tes réponses.

Quand on quitte quelqu'un pour toujours sur le quai d'une gare, il est rare de trouver des mots à la mesure de la blessure intérieure qui vous lacère. Ceux qui viennent à la bouche sont souvent accablants de banalité, peut-être parce que l'évolution n'a pas conçu le langage humain pour les catégories de l'irrémédiable – dont le représentant par excellence est la mort. Selon notre pragmatique dame nature, qui discutaillerait trop de la mort risquerait de perdre tout appétit pour la survie et la reproduction de l'espèce…

Faute de mieux, je me contenterai de ces souvenirs flottant tels des débris de *Titanic* sur l'eau sombre du temps. Du tien d'abord ; du mien ensuite.

Qu'adviendra-t-il de ce livre, *notre* livre, maman ? Un vague cousin de mon père, qui ne nous rendait visite qu'une fois l'an à l'occasion de la fête du grand Aïd, possédait une manière très personnelle de répondre à cette question. Aide-boulanger à la fin de sa vie, ce frêle monsieur que nous adorions avait pratiqué tous les métiers, partageant même, au temps de sa jeunesse, l'amour des planches avec mon père. Sa retraite prise, ce lecteur assidu s'était découvert une passion pour la marche. Les livres finissent par peser lourd quand on les traîne toute la journée avec soi dans les rues pentues de Constantine, nous avouait-il ; alors, il avait décidé d'en déchirer les pages au fur et à mesure de leur lecture. Si un livre l'ennuyait, il le jetait à la poubelle, presque intact. Un bon livre pour lui était un livre qui s'allégeait rapidement – qui n'existait plus *à la fin* que dans sa tête.

Tout comme pour les créatures humaines, commentait-il avec un sourire dont nous nous demandions s'il était ironique ou amer : quand la dernière page de leur livre personnel va être arrachée, ne reste aux hommes qu'une seule ambition, un peu ridicule puisque si souvent bafouée, celle de survivre un moment dans le cœur de ceux qui les ont côtoyés.

Cette conception presque métaphysique de la lecture comme exemple de bonheur intrinsèquement associé à son ennemie, la finitude, a encore le don de m'émerveiller, en même temps qu'elle m'horrifie, moi qui thésaurise les livres au lieu de m'en débarrasser.

Je n'ai pas atteint la sagesse trop lucide à mon goût de ce marcheur infatigable. J'ai plutôt tenté le contraire : reconstituer une partie de *ton* livre à partir de fragments glanés çà et là, afin de respecter une promesse que je m'étais faite alors que je portais ton corps dans ton dernier logis :

Non, tu ne mourras plus demain, maman.

Photocomposition Nord Compo
Villeneuve-d'Ascq

Pour l'éditeur, le principe est d'utiliser des papiers composés de fibres naturelles, renouvelables, recyclables et fabriquées à partir de bois issu de forêts qui adoptent un système d'aménagement durable.

En outre, l'éditeur attend de ses fournisseurs de papier qu'ils s'inscrivent dans une démarche de certification environnementale reconnue.

CET OUVRAGE
A ÉTÉ ACHEVÉ D'IMPRIMER
SUR ROTO-PAGE
PAR L'IMPRIMERIE FLOCH
À MAYENNE EN SEPTEMBRE 2011

Dépôt légal : octobre 2011.
N° d'imprimeur : 80264.
36-33-3071-2/01
Imprimé en France